William Shakespeare

新译 莎士比亚全集

RICHARD II

【英】威廉·莎士比亚—— 著

傅光明—— 译

理查二世

天津出版传媒集团
天津人民出版社

图书在版编目(CIP)数据

理查二世 / (英) 威廉·莎士比亚著；傅光明译
. -- 天津：天津人民出版社，2020.4
（新译莎士比亚全集）
ISBN 978-7-201-15863-1

Ⅰ.①理… Ⅱ.①威… ②傅… Ⅲ.①历史剧–剧本
–英国–中世纪 Ⅳ.①I561.33

中国版本图书馆 CIP 数据核字(2020)第 050882 号

理查二世
LICHAERSHI

出　　版　天津人民出版社
出 版 人　刘　庆
地　　址　天津市和平区西康路 35 号康岳大厦
邮政编码　300051
邮购电话　(022)23332469
网　　址　http://www.tjrmcbs.com
电子信箱　reader@tjrmcbs.com

责任编辑　范　园
装帧设计　李佳惠　汤　磊

印　　刷　河北鹏润印刷有限公司
经　　销　新华书店
开　　本　880 毫米×1230 毫米　1/32
印　　张　7.75
插　　页　5
字　　数　140 千字
版次印次　2020 年 4 月第 1 版　2020 年 4 月第 1 次印刷
定　　价　68.00 元

目　录

微信扫描二维码，加入读者圈，可获得以下服务：

1. 获取新译莎士比亚全本导读。

2.与译者、读者交流读莎翁心得体会。

3.获取更多周边视听资源。

剧情提要

　　英国国王理查二世的堂弟亨利·布林布鲁克向国王揭发诺福克公爵毛伯雷的罪恶，理查二世让他们二人当场对质，结果二人各不相让。毛伯雷要求用决斗来维护自己的名誉。理查二世劝阻无效，定下了他们于圣兰伯特节那天决斗。其实，理查二世是想趁着决斗的机会铲除异己，把二人驱逐出境。

　　考文垂附近的戈斯福德，划出一片草地做决斗场，宫廷典礼官主持决斗礼仪。号角响起，毛伯雷和布林布鲁克骑在马上，手持矛枪，正准备冲向对方一决高下，不料理查王突然"扔了权杖"，示意决斗停止。他将两位公爵召到面前，宣布了他们的放逐令：放逐布林布鲁克十年，其间，不得返国，一经发现，立即处死；对毛伯雷的判决则是"'永不重返'，否则以死论处"。不仅如此，他要二人立下誓言："流放期间永不彼此和好；永不会面；永不书信往来、互相致意;对在国内酿成的阴郁吓人的仇恨风暴,永不和解;永不心怀不轨蓄意谋面,阴谋策动、筹划、合谋针对我、我的王位、我的臣民或国土的一切恶行。"宣布后,理查王看见叔叔冈特眼里透出忧伤,随即又改判,将布林布鲁克的放逐时限减为六年。

为了解决爱尔兰的叛乱问题,理查二世决定御驾亲征。考虑到国库空虚,为解燃眉之急,他想出高招,征战期间,命人以"空白捐金书"的手段迫使有钱的贵族捐出大量黄金。

亨利的父亲冈特的约翰因儿子被放逐而病重。理查王前来探病。冈特毫不客气,直言进谏,表达对其执政的不满。他的这番话把理查王气得脸色发白。冈特刚去世,理查二世便不顾各种反对意见,执意下令将其"所有的金银餐具、金银钱币、家财资产,一律充公",为远征爱尔兰补充军需,并擅自否认波林勃洛克的王位继承权。交代完之后,理查前往爱尔兰,将管理国家的大事交给叔父约克公爵。

另一方面,诺森伯兰与布林布鲁克合兵一处,与约克公爵所率临时拼凑起来的王家军队相遇。布林布鲁克跟约克公爵坦白自己想要合理夺回继承权的诉求,得到了公爵的支持。他下令,将被抓获的理查王的两个亲信布希、格林处死,请诺森伯兰监督行刑。

理查二世从爱尔兰返回,发现自己众叛亲离,无路可退。他闻听聚拢起来的一万两千名威尔士人"都四散而逃,投奔布林布鲁克"而后面如死灰,决定与奥默尔去弗林特城堡暂避一时。

　　布林布鲁克与约克、诺森伯兰等几路大军来到弗林特城堡外。理查王走出城堡,与布林布鲁克见面。布林布鲁克向理查王行跪拜礼,理查王用手指向戴在头上的王冠,比画着说:"起来,兄弟,起来!尽管你膝盖跪得低,但我深知你心高,恐怕少说也有这么高……你想要什么,我都给,心甘情愿;一旦面对强力所逼,不给也不行。"至此,理查王成了布林布鲁克的阶下囚。

　　理查王将王冠交给布林布鲁克,又将权杖交给布林布鲁克。布林布鲁克下令把理查王送至伦敦塔关押起来。

　　昔日宫廷马厩里一个小小的马夫来探监理查二世,向他描述布林布鲁克加冕典礼那天的情景。埃克斯顿带着一众随从,手持武器来到地牢。理查王夺过一件兵器,杀死一个随从后,被埃克斯顿击倒后死去。

剧中人物

理查二世　King Richard the Second　　　国王

冈特的约翰　John of Gaunt　　　　　理查之叔

兰利的埃德蒙　Edmund of Langley　　理查之叔

亨利，别名布林布鲁克　Henry, surnamed Bolingbrook

　　　　　　　　　　　　　　冈特的约翰之子，

　　　　　　　　　　　　　　后为亨利四世

奥默尔公爵　Duke of Aumerle　　　约克公爵之子

托马斯·毛伯雷　Thomas Mowbray

萨里公爵　Duke of Surrey

索尔斯伯里伯爵　Earl of Salisbury

伯克利勋爵　Lord of Berkeley

布希　Bushy　　　　　　　　　国王的仆人

巴格特　Bagot　　　　　　　　国王的仆人

格林　Green　　　　　　　　　国王的仆人

诺森伯兰伯爵　Earl of Northumberland

亨利·珀西　Henry Percy　　　诺森伯兰之子

罗斯勋爵　Lord Ross

威洛比勋爵　Lord Willoughby

菲兹华特勋爵　Lord Fitzwater

卡莱尔主教　Bishop of Carlisle

威斯敏斯特修道院院长　Abbot of Westminster

宫廷典礼官　Lord Marshal

埃克斯顿的皮尔斯爵士　Sir Pierce of Exton

斯蒂芬·斯克鲁普爵士　Sir Stephen Scroop

王后　Queen, Richard's wife　　　理查之妻①

格罗斯特公爵夫人　Duchess of Gloucester

约克公爵夫人　Duchess of York

威尔士军官(队长)　Captain of A Band of Welshmen

王后之侍女　Ladies of attending on the Queen

园丁　Gardener

园丁的仆人　Servant to the Gardener

约克的仆人　Servant to York

庞弗雷特城堡监狱狱卒　Keeper of the prison at Pomfret
Castle

---

① 舞台提示没有名姓。历史上，理查王统治末期，王后是中世纪法国瓦卢瓦王室的少女伊莎贝尔(Isabel of Valois)；剧中形象则是一位成年王后，且是近亲结婚，似乎与理查王已故第一任妻子波西米亚的安妮(Anne of Bohemia)合二为一。

埃克斯顿的仆人二人　Two Servants to Exton
理查王马厩的马夫　Groom of Richard's stable
士兵,侍从,贵族多人　Various Soldiers, Attendants, Lords

地点

英格兰及威尔士各地

理查二世

第一幕

第一场

伦敦；理查二世王宫。

（理查王、冈特的约翰及其他贵族、侍从等上。）

理查王　　年迈的冈特的约翰①，令人敬仰的兰开斯特，你
　　　　　可按照誓约，把你那大胆的儿子亨利·赫福德②
　　　　　带这儿来了？　他近来猛烈指控诺福克公爵托
　　　　　马斯·毛伯雷，上次我没空听，现在说吧。

① 冈特的约翰（John of Gaunt）：由其出生地"Ghent"（现通译为"根特"，为比利时
西北部一城市）命名。爱德华三世（Edward Ⅲ，1312—1377）第四子，理查王的叔叔，
1398 年时 58 岁，弟弟约克公爵 57 岁。按当时人的平均寿命，均可称老迈年高。此
时，理查王年仅 32 岁，年富力强。
② 亨利·赫福德：即布林布鲁克，1397 年，理查王封他为赫福德公爵。

冈特	我把他带来了,陛下。
理查王	另外,告诉我,你是否问过他,指控毛伯雷是出于往日积怨,还是出于可敬的忠臣本分,觉出他有什么谋逆之心?
冈特	我一问才得知,——他确实发现诺福克公爵对陛下明显图谋不轨,——绝非出于往日积怨。
理查王	那把他俩都叫这儿来(一侍从下),我倒要听听,指控者和被告针尖对麦芒、怒目而视、当面对质——

> 双方都愤愤不平,满腔怒火,
>
> 怒涛般震人耳膜,性似烈焰。

(布林布鲁克与毛伯雷上。)

布林布鲁克	愿充满神恩的君主,最敬爱的陛下,永世安康!
毛伯雷	愿您每天洪福吉祥,直到上天嫉妒尘间好运,在您王冠上再添一不朽之荣名!
理查王	我谢谢二位。你们都只为了奉承我,因为你们来这儿意图明确,说白了,就是互相指控谋逆叛国。——赫福德老弟,你因何控告诺福克公爵托马斯·毛伯雷图谋不轨?
布林布鲁克	首先,——愿上天为我的指控做证!——作为一个指控者,我到这儿来,全出于臣

子的忠心,以陛下安危为怀,绝无其他构陷之意!

——现在,托马斯·毛伯雷,我要指控你,仔细听好!因为我所说的一切,在尘间可以用身体做保,哪怕到了天国,神圣的灵魂也为其担责。你是一个反贼、一个邪恶之徒;你出身良好,居然如此卑劣;你恶行如此,竟还有脸活着。——

　　天空越是明朗澄澈,

　　越衬出飞云的丑陋。

　　我要给你打上更多耻辱的标记,

　　把邪恶反贼之名塞满你的喉咙。

　　若蒙陛下恩准,我愿离开之前,

　　以我的正义之剑证明我的言词。

毛伯雷　　别在这儿因我出言谨慎就怀疑我的忠诚:咱俩的争执,跟女人唇枪舌剑打嘴仗不一样,难以裁决孰是孰非。怒火上涌,务必保持冷静。我并非夸口有十足驯顺的耐心,能做到缄默无语,一言不发。首先,对陛下的尊敬抑制住我,使我不能信马由缰、出言不逊;否则,我也会放言无忌,把这些谋逆的罪名加倍塞回他的喉咙。若不管他高贵的王室血统,也不顾他是陛下的族亲①,我一定向他挑战,吐他一脸唾沫,骂他是一个

---

① 布林布鲁克是理查二世的堂弟,两人均为爱德华三世之孙。

诽谤的懦夫、恶棍；为此，我愿先让他占优，再跟他决斗，哪怕必须徒步跑到阿尔卑斯山冰冻的山脊或英国人从未涉足过的任何地方，也不惜一战。同时，让这句话①维护我的忠诚：——我以今生所有的希望起誓，他扯下了弥天大谎。

布林布鲁克　面无血色、浑身发抖的懦夫，我把手套扔这儿了(扔下手套②)。我在此放弃国王族亲的身份，也把高贵的王室血统丢一边。你拿这个当借口，是心虚胆怯，并非敬畏国王。假如让你感到愧疚的恐惧还给你留下足够的勇气，那就弯腰把我荣誉的手套捡起来。凭这个，以及一切骑士应有的礼仪，我要跟你决斗，刀剑相对，证明我的话句句属实，而你图谋不轨。

毛伯雷　我把它捡起来(捡手套)，并以当初受封骑士时高贵地放于肩头的这把剑③起誓，任何合乎骑士礼仪的决斗，我一定奉陪：

---

① 在此，"this"可能指"这句话"，即毛伯雷随后所说的"他扯下了弥天大谎"；也可能指毛伯雷的随身佩剑，若此，则译为："让这把剑维护我的忠诚"。

② 旧时骑士在决斗之前，一般先扔下手套作为抵押品或信物。

③ 旧时骑士受封时，一般跪在国王面前，国王把剑放在骑士肩头说："起来吧，某某爵士。"

我若是叛徒，或用不名誉手段决斗，

就让我活着骑上马，死了再掉下来！

理查王　　老弟指控毛伯雷的罪名是什么？若非大逆
　　　　　不道的指控，甭想叫我对他产生一丝一毫
　　　　　的恶感。

布林布鲁克　注意，我以性命担保我说的是实情，——
　　　　　毛伯雷曾假借为国王军队发饷的名义支
　　　　　取八千金币①留为己用，肆意挥霍，真乃一
　　　　　虚伪的奸贼、害人的恶棍。此外，我还要说，
　　　　　并将在决斗中证明，——别管是在这儿，
　　　　　还是英国人目力所及最远的地方，——十
　　　　　八年来②，在这块土地上谋划、策动的所有
　　　　　叛乱，细究起来，祸首、罪源都在这个奸诈
　　　　　的毛伯雷身上。更进一步，我要说，——并
　　　　　将在接下来的决斗中以他邪恶的生命证
　　　　　明，——是他谋害了格罗斯特公爵③：他

---

①一金币值六先令八便士。

②此处为莎士比亚采用霍林斯赫德《编年史》的说法，从沃特·泰勒（Wat Tyler）1381年领导的农民起义算起。在伦敦斯密斯菲尔德谈判期间，泰勒被忠于理查二世的军官所杀。

③格罗斯特公爵是爱德华三世之子，是冈特的约翰的兄弟、理查王的叔叔。十年前，格罗斯特等人联名上诉，迫使理查二世撤了一批亲信，任命格罗斯特为枢密院议员。后来，国王将格罗斯特等人逮捕，并交毛伯雷看管。1397年，在加来（Calais）羁押期间，格罗斯特被谋杀。史家认为，此乃国王授意。在此处，布林布鲁克指控毛伯雷谋害格罗斯特，显然将锋芒直指国王。

先诱惑格罗斯特轻信了自己的敌人，然后再像
个险恶的懦夫似的，让公爵无辜的灵魂在血泊
中流走。这血，正如献祭上帝的亚伯的血一样，
从地下没有舌头的洞穴中向我哀告①，要我秉持
正义，惩办凶手。

我以我荣耀的血统起誓，

不以这只手臂复仇，活该命丧剑下。

理查王　他决斗的意志多么高昂！——诺福克的托马斯，
对此你有何话说？

毛伯雷　啊，请主上转过脸，当一小会儿聋子。我要说，
这个使王室血统蒙羞之人，是上帝和好人们多
么憎恶的一个如此说谎的恶人②！

理查王　毛伯雷，我耳聪目明、不偏不倚：哪怕他是我亲
兄弟，不，甚至就是我的王位继承人，——何况
他只是我父亲弟弟的儿子，——现在，我愿以
令人敬畏的权杖为凭，立下誓言：他跟我血缘

---

① 此为对《圣经》"该隐杀弟"的化用，事见《旧约·创世记》第四章"该隐和亚
伯"：该隐、亚伯是亚当、夏娃的长子和次子。兄弟二人向上帝献祭，上帝喜欢弟弟亚
伯的献祭，该隐出于嫉妒，杀了亚伯。上帝问该隐说："你做了什么事？你兄弟的血，有
声音从地里向我哀告。"布林布鲁克意在借"该隐杀弟"的典故影射国王，因理查王的
父亲黑王子是爱德华三世的长子，被谋杀的格罗斯特是黑王子的弟弟。

② 《圣经》中，上帝向来痛恨说谎者。参见《旧约·箴言》6：16—19："有七件事为
上主所痛恨，所不能容忍，就是：傲慢的眼睛，撒谎的舌头，杀害无辜的手，策划阴谋
的心，奔走邪路的腿，编造假证，在朋友间挑拨是非。"

　　如此亲近,也不能享有任何特权,不能使我坚
定不屈的正直灵魂有丝毫偏袒。

　　　他是我的臣民;毛伯雷,你也是:

　　　我准你放胆直言,不用担惊受怕。

毛伯雷　那好,布林布鲁克,你用心卑劣,从你邪恶的喉
咙里鼓噪出天大谎言。我支取的那笔军饷,四
分之三已发给国王在加来的驻军;余下那份我
获准自用,因上次去法国迎娶王后,至尊的陛
下欠了我一大笔钱,剩点尾款至今没还清①。现
在,把你那谎言吞下去! ——说到格罗斯特之
死,——人不是我杀的,但那个案子,我的耻辱
在于,对发过誓的职责有所疏忽②。至于你,高
贵的兰开斯特勋爵③,我的死对头的尊贵父亲,
我还真有一次设下埋伏,打算要你的命。——
这一罪过折磨着我悔恨不已的灵魂。但在上次
领圣餐之前,我已对此表示忏悔:特意恳求陛

---

　　① 据史载,毛伯雷曾代表理查二世去法国议婚,但最后迎娶王后,是理查王亲
自前往。1394 年,理查王原配波西米亚的安妮去世,次年,毛伯雷与拉特兰(Rutland,
即剧中的奥默尔公爵)受命赴法,与瓦卢瓦王朝国王查理六世(Charles VI le Insense,
1368—1422 在位)年仅八岁的公主伊莎贝尔(Isabel)议婚。毛伯雷此行花销巨大,共
计三十万马克(每马克值十三先令四便士),故称"一大笔钱"。

　　② 当初,毛伯雷奉命将格罗斯特押往伦敦受死,结果,他把格罗斯特送到加来,
使其多活了三个星期。

　　③ 即冈特的约翰。

下宽恕,并希望得到您的宽恕。这是我的错。至
于其他指控,则全出于一个恶人,一个怯懦的、
最堕落之奸贼的仇恨;而对这一指控,我要亲
自出手,奋勇抗辩:有来不能无往,我把手套扔
在这个傲慢的叛徒脚下(扔手套),以此证明我
是一个忠诚的贵族,哪怕倾洒满腔热血,也毫
不吝惜。

　　为尽快求证,最衷心恳请

　　陛下为我们指定决斗之日。

理查王　两位怒火满胸的贵族①,听我一句劝:这肝火让
我们以不流血的方法来医治——

　　我虽非医生,却能开出这个药方:

　　深仇大恨划出太深的创伤,

　　忘却、宽恕、妥协、和解,

　　医生说这不是放血的时节。——

　　好叔叔,让此事到此为止,

　　我平息诺福克公爵,你劝劝你儿子。

冈特　我这岁数最适于调解讲和②,——

　　我儿,把诺福克公爵的手套扔掉③。

---

　　① 布林布鲁克和毛伯雷两位,都是享有纹章权利的贵族。

　　② 此或为对《圣经》的化用,参见《新约·马太福音》5:9:"促进和平的人多么幸
福啊;上帝要称他们为儿女。"

　　③ 对决斗双方而言,捡起对方扔下的手套意味着接受挑战,把手套扔掉,则意
味着放弃决斗。

理查王	诺福克,还不把他的手套也扔掉。
冈特	怎么,哈里①?还不扔?
	恭顺,别叫我说第二遍。
理查王	诺福克,我叫你,扔掉,拒绝毫无意义。
毛伯雷	崇敬的主上,我把我自己扔在您的脚下(跪下)。
	您能命令我的生命,不能命令我的耻辱。
	为您效命,职责所在;可我的荣誉,——
	视死如归,将与我的坟墓长伴相随,——
	您叫我做蒙羞丢脸的事,万难从命。
	我遭人指控,公开受辱,名誉扫地,
	诽谤的毒矛刺穿了我的灵魂,
	除非从他心脏迸射出的毒血,
	什么药也医治不了我的创伤。
理查王	狂暴必须阻止:——
	把他的手套给我:——雄狮来把豹子驯服②。
毛伯雷	是的,却难改他的豹斑③:只要您为耻辱担责,
	我就放弃手套。我敬爱至亲的主上,
	人在凡尘最纯之珍宝,

---

① 哈里(Harry)为亨利(Henry)的昵称。

② 雄狮象征国王,而且在王室的盾徽纹章上有雄狮标志;毛伯雷的盾徽纹章则是一只豹子。理查王以此暗示,国王这只雄狮要把毛伯雷这只豹子驯服。

③ 此或为对《圣经》的化用,参见《旧约·耶利米书》13:23:"黑皮肤的人能改变他的肤色吗?花豹能除掉它的斑点吗?"

> 是那毫无瑕疵的名誉：一旦失去，
>
> 人不过镀金的黏土，彩绘的泥塑。
>
> 忠臣的一腔豪勇血性，
>
> 才是确保安危的珠宝①。
>
> 名誉即我命，两者合而为一：
>
> 夺走我的名誉，我命可休矣。
>
> 那亲爱的陛下，让我为名誉而战，
>
> 我既为名誉生，也愿为名誉去死。

理查王　　　兄弟，快把你的手套扔了，你先扔。

布林布鲁克　啊，愿上帝佑我灵魂莫犯如此邪恶之罪！

　　　　　　我岂能在父亲面前垂头丧气？

　　　　　　又岂能在这心怀恐惧的懦夫面前，

　　　　　　任凭乞丐似的胆战败坏我的尊贵？

　　　　　　在我的舌头用如此虚弱的话语损害名誉

　　　　　　或如此下贱求和休战之前，我要先用牙，

　　　　　　把这奴性十足宣布放弃誓言的工具咬掉②，

　　　　　　然后啐他一脸血，用我舌头的血羞辱他，

　　　　　　那毛伯雷的脸，恰恰就是耻辱的避难所(冈

　　　　　　特下)。

理查王　　　我天生不求人，只知下命令：——既然我不

---

① 此句直译为：才是密封十层的身体里的珠宝。

② 此处以"工具"代指"舌头"。

能叫你们和好，准备吧，圣兰伯特节①那
天,在考文垂,到时拿你们的命一决生死:
在那儿,你们得用剑和长矛
来裁决根深蒂固的宿仇积怨;
既不能调解,只好亲眼观看
把正义判给决斗胜利的勇者。——
典礼官,向军官们发布命令,
准备着手安排这场同室操戈(同下)。

---

① 圣兰伯特节(Saint Lambert's Day):每年 9 月 17 日。

第二场

伦敦;兰开斯特公爵府内一室①。

(冈特的约翰和格罗斯特公爵夫人上。)

冈特　　　哎呀,我与伍德斯托克②同宗血缘,这比你的
　　　　　哀号更能促使我对害死他的屠夫采取行动!
　　　　　可惩罚权操控在那些制造这一罪行的人③手
　　　　　里,我们无权惩治,只好把冤情交予上天的
　　　　　意志:上天,一旦见尘间时机成熟,便会把滚

---

①"第一对开本"舞台提示具体地点不详,或在伦敦的伊利府邸(Ely House)。

②即格罗斯特公爵,伍德斯托克的托马斯(Thomas of woodstock)、爱德华三世第七个儿子,被毛伯雷在加来谋害。格罗斯特公爵夫人为埃莉诺·博亨(Eleanor Bohun)、赫福德的汉弗莱伯爵之女。

③指理查王那些人,其中冈特也对格罗斯特之死负有责任。

烫的报复浇到罪人们头上。①

公爵夫人　难道血缘同宗不能给你更锐利的刺激？手足之情不能在你老迈的血里燃起火焰？爱德华有七个儿子②，你是其中一个，真好比七只小瓶装着他的圣血，又好比同根生出的七根俊秀枝条：有几个小瓶已自然干涸，有几根枝条也被命运之神③剪断。但托马斯，我亲爱的夫君，我的命根子，我的格罗斯特，那盛满爱德华圣血的一只小瓶，破裂了，瓶中珍贵的液体都洒了；他最高贵根脉上的一根茂盛枝条，被罪恶之手和凶手血腥的斧子砍掉了，

---

①《圣经》中多处出现上帝将惩罚降临在恶人头上，即恶有恶报。参见《旧约·创世记》19：24："突然间，上主使燃烧着的硫黄从天上降落在所多玛和蛾摩拉城。"《诗篇》11：6："他向做恶之人降下炭火、硫黄；/他用灼热的火焰惩罚他们。"《诗篇》140：10："愿炽热的炭火落在他们头上；/愿他们被抛进深坑，永不能出来。"《以西结书》38：22："我要用瘟疫和流血惩罚他。我要用豪雨、冰雹、大火、硫黄降在他所率领的军队和指挥的联军身上。"《新约·路加福音》17：29："到罗得离开所多玛的那一天，火和硫黄从天而降，把他们都消灭了。"《犹大书》7："还有住在所多玛、蛾摩拉和附近城市的人民，像那些天使一样，他们行为淫乱，放纵反自然的性欲，因此受那永不熄灭之火的惩罚。这事可做人人的鉴戒。"

②爱德华三世育有七子：理查王之父、黑太子爱德华（Edward the Black Prince, 1330—1376），哈特菲尔德的威廉（William Hatfield, 1336—1344），克拉伦斯公爵、安德卫普的莱昂内尔（Lionel of Antwerp, Duke of Clarence, 1338—1368），冈特的约翰（John of Gaunt, 1340—1399），约克公爵、兰利的埃德蒙（Edmund of Langley, Duke of York, 1341—1402），温莎的威廉（William of Windsor），夭折；格罗斯特公爵、伍德斯托克的托马斯（1355—1397）。

③指希腊神话中执掌人类命运的三女神中专司剪断生命线的阿特洛波斯（Atropos）。

枝上夏天的叶子全枯萎了。啊,冈特,他的血就是你的血! 造他成人的那寝床、那胎宫、那性情、那同一个模具,也造了你①。尽管你还活着、有呼吸,但他一死,也等于被人杀了:他是你父亲生命的影像,眼见可怜的弟弟死去,竟无动于衷,无异于害死父亲的同谋! 冈特,别管它叫忍耐,——分明是绝望:你这样任由弟弟遭杀戮,形同把生命之路裸露在外毫无防范,诱导残忍的凶手怎么下手宰你。低贱者眼里的忍耐,对于高贵的心胸,只能算苍白、冷漠、怯懦。我该怎么说呢? 为我的格罗斯特之死复仇,才是保你命的最好方法。

冈特　这争执得由上帝裁决:因为他的死由上帝的代表一手造成;这个代表是在上帝面前接受的涂油礼②:倘若他死有冤情,让上天复仇

① 参见《旧约·约伯记》31:15:"那位创造我的上帝不也造了他吗? / 创造我们的不是同一位上帝吗? "33:6:"我们在上帝面前都一样;/ 你我都是用尘土造成。"

② 此处,"上帝的代表"指理查二世。当初理查王举行加冕庆典时,在威斯敏斯特大教堂接受涂油礼,成为上帝在人间的代表。在古以色列,因国王加冕时要涂以膏油,被称作"上帝的受膏者""上帝的代表(或代理人)"。参见《旧约·撒母耳记上》10:1:"撒母耳拿一瓶橄榄油,倒在扫罗头上,亲吻他,说:'上主膏立你做他子民以色列的统治者。'"26:9:"可是大卫说:'你不可伤害他(扫罗)! 谁伤害上主选立的王,上主一定惩罚他。'"26:11:"上主不准我伤害他选立的王。"

吧①,我绝不能扬起愤怒的手臂,对上帝的使者下手。

公爵夫人　哎呀,那我该去哪儿申诉?

冈特　向上帝申诉,上帝是寡妇的护卫②。

公爵夫人　那好,我去申诉。再见,老冈特。你去考文垂吧,到那儿去看我侄子赫福德跟凶残的毛伯雷决斗。啊,愿我丈夫的冤屈注入赫福德的矛枪,刺入屠夫毛伯雷的胸膛! 若第一回合毛伯雷错过厄运, 愿他心中的深重罪孽,把他吐着泡沫的战马的脊背压断,叫他从决斗场一头栽下马来,在我侄子赫福德脚下做一个胆小的懦夫!

再见,老冈特:你亡弟的遗孀
必与忧伤相伴,耗尽生命时光。

冈特　再见,弟妹,我这就去考文垂,
愿好运与我,也与你相依相随!

公爵夫人　我还有句话:——悲哀落下,会原地反弹,并不因它虚空,却因为它沉重。

---

① 参见《新约·罗马书》12:19:"朋友们! 不用为自己复仇,宁可让上帝的愤怒替你申冤,因为圣经说:主说:'申冤在我,我必复仇。'"

② 参见《旧约·诗篇》68:5:"上帝住在他的圣殿里;/ 他看顾孤儿,保护寡妇。" 146:9:"他(上帝)保护寄居的外人;/ 他扶助孤儿寡妇,/ 但要挫折恶人的诡计。"《德训篇》35:14:"他不轻视孤儿的诉求,和寡妇的哀叹。"

话题还没开始，我便向你告别，

貌似悲伤已逝，实则永无了结。

请问候我的夫兄埃德蒙·约克①。

瞧，没话了：——不，先别走，

话虽已说完，但也别急着分手，

我还能想出些话来。叫他，——啊，怎么

说呢？——

叫他尽快到普拉西②来看我。

唉，在那儿老约克能看见什么？

房间空无一物，墙壁毫无装饰，

没人住的用人房，没人踩的石头路。

除了我悲吟相迎，他还能听到什么？

所以只代为问候，不必叫他来这儿，

即便来了，也只见满目的酸楚悲伤。

我孤寂、孤寂地走，然后死去，

让我以泪眼向你做最后的告别(同下)。

① 兰利的埃德蒙，约克公爵是格罗斯特公爵的哥哥。
② 普拉西(Plashy)，格罗斯特公爵位于埃塞克斯郡(Essex)的乡间别墅。

第三场

考文垂附近戈斯福德草地。竞技场已划出,设一王座;众侍从侍立。

(宫廷典礼官与奥默尔①上。)

典礼官　　奥默尔大人,哈里·赫福德准备好了吗?

奥默尔　　是的,全身披挂齐整,急着入场。

典礼官　　诺福克公爵充满斗志,英气逼人,只待挑战者
　　　　　吹响号角。

奥默尔　　这么说,决斗双方都已准备好,就等陛下驾到了。

(喇叭奏花腔。理查王上,入王座;冈特、布希、巴格特、格林,及其他人上,各入各位。号角鸣响,内号角回应。然后,被告毛伯雷顶盔掼甲,由一传令官引导。)

理查王　　典礼官,去问那位披挂整齐的决斗者为何来此:
　　　　　问清姓名,叫他按规矩宣誓,为正义而决斗。

典礼官　　以上帝的名义,并以国王的名义,报上姓名,说

---

① 奥默尔:约克公爵之子,本名爱德华·普朗塔(Edward Plantagenet),由理查二世封为奥默尔公爵,此次决斗时被任命为王室内务总管。

出为何一身骑士装束前来此地，与谁决斗，因
何结怨：要以你的骑士身份和誓约，实言相告；
愿上天和你的勇猛保佑你！

毛伯雷　我的名字是托马斯·毛伯雷，诺福克公爵，按我
的誓约——上帝不许骑士违反誓约！——前
来此地，与指控我的赫福德公爵决斗，维护我
对上帝、对国王、对国王后代子孙的忠诚；以上
帝的恩典①和这只手臂起誓，我要捍卫自己，证
明他对上帝、对国王，还有我，都是一个叛徒：
我正当决斗，愿上天保佑！

（号角响。原告赫福德公爵布林布鲁克全身披挂上，由一传令官引导。）

理查王　典礼官，问那边披挂齐整的骑士姓甚名谁，为
何如此顶盔掼甲前来此地；然后按法律叫他正
式宣誓，为正义决斗。

典礼官　（向布林布鲁克）你叫什么？前来理查王的王家竞
技场，所为何事？与谁决斗？因何争执？像一个
真正的骑士从实讲来，愿上天保佑你！

---

①"以上帝的恩典"为骑士们惯用的起誓用语。参见《新约·哥林多前书》15：10：
"由于上帝的恩典，我才成为今天的我，他所赐给我的恩典没有落空。……而是上帝
的恩典跟我一同工作。"《哥林多后书》1：12："……我们在世为人，……这是由于上帝
恩典的力量，不是由于尘俗的智慧。"《希伯来书》2：9："我们倒是看见耶稣，他一时被
置于比天使还低的地位，好借着上帝的恩典，为万人死。"

布林布鲁克	我是赫福德、兰开斯特和德比①的哈里；一身披挂立于此处，以上帝的恩典和我的勇猛起誓，准备在竞技场证明，诺福克公爵托马斯·毛伯雷对天上的上帝、对理查王，还有我，都是一个可耻、危险的叛徒！我正当决斗，愿上天保佑！
典礼官	除受命主持这一合法决斗的典礼官及司职官员，凡胆大妄为擅闯竞技场者，一律处死。
布林布鲁克	典礼官，让我屈膝在陛下面前，亲吻主上之手，因为毛伯雷和我像两个发誓做漫长朝圣苦旅的香客；然后让我们按礼仪，心怀爱意地向各自亲朋告别。
典礼官	原告按本分向陛下致敬，恳求亲吻陛下的手，然后告别。
理查王	我下来拥抱他（从王座起身下来拥抱布林布鲁克）——
	赫福德老弟，你的理由正当， 愿你在这场御前决斗中好运！ 我可以哀悼，但不能为你的死复仇。
布林布鲁克	啊，我若被毛伯雷的矛枪刺伤，

① 德比（Derby）：英格兰中部的一个郡。

高贵的眼睛别为我浪费一滴泪。

与毛伯雷决斗，我有必胜把握，

犹如飞翔的猎鹰在空中抓小鸟。——

(向理查王)①敬爱的主上，我向您告别；——

也向你告别，我高贵的弟弟，奥默尔勋爵。

尽管要和死神打交道，我并不颓丧，

年富力强、精力旺盛，我畅快呼吸。

瞧！我特欢迎这英式宴席般的决斗②，

拿最后的甜点，来做最甜美的结局；

——

(向冈特)啊，您，我尘世血缘的创造者，您的朝气在我身上复活，愿父子两人的精力举起我，去摘取头顶的胜利，——愿您的祈祷使我的铠甲不被扎透，愿您的祝福坚固我的矛尖，将毛伯雷蜡制的甲胄刺穿，让冈特的约翰的名字，凭他儿子的英勇决斗再发新光。

冈特　　你理由正当，愿上帝保佑你走运！身手要疾如雷电，让你的打击以双倍的力量，像

---

① 此处"牛津版"的舞台提示是"向典礼官告别"，若此，则译为"仁慈的大人，我向您告别"。

② 莎士比亚时代，英格兰正式宴席以最后一道精致甜点作为结束。

吓人的雷霆一样,降在惊慌的凶恶死敌的
头盔上。激起青春热血,英勇生还。

布林布鲁克　愿我的清白和圣乔治①助我得胜!（准备就位）

毛伯雷　（起立）无论上帝或命运之神如何决定我的
命运,生也好,死也罢,我,一个忠诚、正
义、正直之人,都忠于理查王的宝座。俘虏
的快乐,莫过于以一颗自由之心摆脱束缚
的锁链, 拥抱金子般无拘无束的自由;但
这样的快乐比不过我跳荡的灵魂,欢庆这
场我与对手决斗的盛宴。——

　　最威严的陛下,诸位贵族同僚,
　　请接受我的祝福,祝年年快乐。
　　我去决斗,真好比自娱自乐般②
　　欣喜快活,忠心不变神闲气定。

理查王　再见,阁下:我从你眼中望见
　　美德与勇气同在,我深信不疑。——
　　典礼官,传令,决斗开始。（国王及诸贵族
　　各自入位）

典礼官　赫福德、兰开斯特和德比的哈里,接受长
矛;愿上帝维护正义!（一侍从将一长矛交布林

---

① 圣乔治(Saint George):英格兰的守护神。
② 有译者把"自娱自乐"释为"参加假面舞会",则可译为:我决斗,像参加假面
舞会那样。

布鲁克)

布林布鲁克	(起立)我的希望像堡垒一样坚固①,我愿高喊"阿门"。
典礼官	(向一传令官)把这支长矛给诺福克公爵托马斯扛去。(一侍从将一长矛交毛伯雷)
传令官甲	赫福德、兰开斯特和德比的哈里,站在这里,甘冒被发现虚伪和不忠的危险,要为上帝、为他的陛下和他自己,证明诺福克公爵托马斯·毛伯雷,对上帝、对国王、也对他②,都是一个叛徒。他要出马与毛伯雷决斗。
传令官乙	诺福克公爵托马斯·毛伯雷站在此处,甘冒被发现虚伪和不忠的危险,要为自己辩护,并同时证明赫福德、兰开斯特和德比的哈里对上帝、对他的陛下和他③,都心怀不忠;他满怀斗志、热切渴望,只等发出决斗信号(号响,示意决斗开始)。
典礼官	号声响了,决斗士,冲吧。——停! 国王扔了权杖。

---

① 参见《旧约·诗篇》61∶3∶"因为你是我的保护者,/ 是我抗拒敌人的堡垒。"《箴言》18∶10∶"上主如坚固堡垒,/ 义人投靠,便得安全。"

② 他∶即布林布鲁克。

③ 他∶即毛伯雷。

理查王	让他们把头盔、长矛放一边，重新入座： ——诸位随我退下；——传令吹号，我要 把决定告知两位公爵。（长奏喇叭花腔）—— （向两位公爵）过来，听我和枢密院做出的决 定。因为王国的土地不该被那养育它的心 爱的血弄脏；因为我的眼睛最恨同室操戈 相互残杀的惨状；还因为，我觉得是鹰击 翱翔的傲气和雄心抱负，加上谁也不服谁 的嫉恨，唆使你们惊醒了国土的和平。这 和平犹如婴儿在摇篮里酣睡；而这酣睡， 一旦被喧嚣杂乱的战鼓、尖利刺耳号角的 可怕嘶叫、愤怒的刀枪剑戟擦蹭的铿锵声 惊醒，就会使安静国土的美丽和平受到惊 吓，甚至使我的血缘宗亲在血泊中跋涉； ——因此，我把你们放逐出境；——你，赫 福德老弟，在第十年田野夏收之前，只许 在流放的异地踏足，在美丽的领土上一经 发现，处以死罪。
布林布鲁克	愿您旨意实现。自我安慰吧，[1]—— 　　这里照暖您的太阳一样照我；

---

[1] 参见《新约·马太福音》6:10:"愿你在世上掌权；/ 愿你的旨意在地上实现，/ 如同在天上一样。"

	这里照耀您的那些金色光芒， 也将照我，为放逐镀上金色。
理查王	诺福克，给你的判决更重一些，我带有几分不情愿地宣布：隐秘的漫长时光，不会终结你永无限期的痛苦流亡；——我对你的判决是绝望的四个字："永不重返"，①否则以死论处。
毛伯雷	我至尊的陛下，真没想到从您口中说出这个沉重的判决：我该从陛下手里得到更丰厚的回报，不应如此深受伤害，被抛到露天野外。四十年②来所学语言，我的母语英语，现在必须放弃：此刻，我的舌头对于我，不比无弦的六弦琴③或竖琴更管用，或者说，像一件精美的乐器锁进箱里，要不就是，开箱取出乐器，又把它送到对调谐音一窍不通的人手里：您用我的双唇和牙齿当双重铁闸门，把我的舌头囚禁在我嘴里；迟钝、麻木、愚蠢、无知，成了看守我的狱卒。我一把岁数，不能再巴结一个保姆，

---

① "四个字"为意译。直译为：绝望的一句话。

② 此处为约略说法。托马斯·毛伯雷是诺福克一世公爵，生于 1366 年，死于 1399 年，一共只活了三十三岁。

③ 指中世纪的六弦提琴。

也早超出当学生的年纪。

您的判决，给我的语言定了死罪，

岂不是把我的舌头从母语中抢走？

理查王　哀怨伤感，对你毫无益处，

判决即下，诉苦为时已晚。

毛伯雷　那么，我便从本国的光明

转向无尽暗夜恼人的阴影(欲走)。

理查王　回来，立下誓言再走。把你们遭放逐的手放在我的国王宝剑上，以对上帝应尽之责起誓，——对我作为国王的应尽之责已随你们一起放逐，——遵守我钦定的誓约：——你们永不违反，——愿忠诚和上帝帮助你们！——流放期间永不彼此和好；永不会面；永不书信往来、互相致意；对在国内酿成的阴郁吓人的仇恨风暴，永不和解；永不心怀不轨蓄意谋面，阴谋策动、筹划、合谋针对我、我的王位、我的臣民或国土的一切恶行。

布林布鲁克　我发誓。

毛伯雷　我发誓，信守一切誓约。

布林布鲁克　诺福克，我把你视为仇敌才说这番话：——若陛下准许决斗，此时此刻，我们中会有一个人的灵魂，已从脆弱的肉身坟墓

里放逐出去,在空中游荡,恰如眼下我们
的躯体从这片国土遭放逐;在你逃离王国
之前,承认犯下叛逆之罪;既然你要去流
放,一路上可别让罪恶的灵魂变成拖累你
的负担。

毛伯雷　　不,布林布鲁克。假如我图谋叛逆,就把我
的名字从生命册里抹掉①,像从这儿遭放
逐一样,也把我从天国逐出去!

　　但你的为人,上帝、你、我一清二楚;
　　恐怕过不了多久,国王便会后悔。——
　　再见,陛下,——从此再无迷途:
　　除了英格兰,世间处处皆归宿。(下)

理查王　　(向冈特)叔父,您眼里透出一颗忧伤之心,
您难过的面容已将他的放逐时限扯掉四
年。——(向布林布鲁克)

　　只等那六载寒冬一过,
　　欢迎你结束流放回国。

---

①指冥府中登记人姓名的生命册。参见《旧约·出埃及记》32:32:(摩西对上帝
说)"'……求你赦免他们的罪;否则,求你从你子民的名册上除掉我的名字。'"《诗
篇》69:28:"愿他们的名字从生命册上被涂抹;/愿他们不被列在你子民的名单上。"
《新约·启示录》3:5:"那得胜的人也要同样穿上白袍;我绝不会把他从生命册上除
掉。"此外,《启示录》还有多处提及"生命册":17:8;20:12;20:15;21:27。《腓立比书》
4:3:"这些人的名字都已记在上帝的生命册上。"

布林布鲁克	一个小小字眼①,却意味着漫长岁月!
	四个缓慢的冬季,四个繁茂的春日,
	一个词就抹没了:这便是国王上谕。
冈特	多谢陛下为我考虑,把我儿子的流放期减
	了四年,但这对我并无益处,因为六个年
	头,月亮盈亏,四季轮回,等他流放归来,
	我也灯枯油尽,岁月残光②
	将随暮年和茫茫长夜熄灭。
	我一寸长的烛芯即将燃尽,
	未见我儿,死神已蒙双眼。③
理查王	哎呀,叔父,你还能活好多年。
冈特	可是,国王,一分钟您也给不了我:
	您只能用突然的悲伤缩短我的白昼,
	拽走我的黑夜,却给不了一个明天;
	您只能帮时间给我犁出衰老的沟痕,
	却无法阻止皱纹走完它的生命旅程;

---

① 应指"扯掉"这个字眼或词。

② "油枯灯尽":参见《新约·马太福音》25:1—13"十个少女的比喻":天国好比十个少女手里拿着油灯出去迎接新郎,其中五个笨少女拿着油灯,却不预备足够的油,五个聪明少女则带灯又备油。夜半时分,新郎来了,笨的对聪明的说:"请分点油给我们吧,我们的灯快熄灭了。"聪明的不给。结果,聪明的五个少女与新郎"一起进去,同赴婚宴,门就关上了"。

③ 此句或有两层含义:1.不见我儿,我已化为枯骨(意即死神已蒙住冈特的眼);2.不见我儿,死之意念已将我(冈特)的视力剥夺。

您一句话,就能让时间要了我的命,

可我一死,您的王国买不回我的命。

理查王　　　放逐你儿子,这一判决经过讨论,你也随声附和表示同意,

那又为何对我的判决一脸怨愤?

冈特　　　　尝着甜的东西消化起来会发苦。①

您迫使我以法官的身份来审判,

我宁愿您叫我作为父亲来申辩。

啊,他若非我儿,只是陌生人,

我还会更随和地为他减轻罪责:

我得避免有人诽谤我偏袒不公,

在判决过程中把我的生命毁掉。

唉,我当时在等你们有人会说,

我同意放逐亲生儿子太过严苛;

可你们偏偏默许我为难的舌头,

任凭它情非所愿,把自己伤害。

理查王　　　老弟,再见;——叔父,跟他道别。我判他六年放逐,他非去不可。(喇叭花腔。理查王及侍从等下)

奥默尔　　　(向布林布鲁克)

---

① 参见《新约·启示录》10:10:"我从他(天使)手中接过小书卷,吃了,嘴里顿觉甘甜如蜜,但等把它吞下肚,肚子里便觉发苦。"

再见，兄弟：不便告人之事

从你的流放地，写信来告知。

典礼官	（向布林布鲁克）

大人，我不同您道别，与您

打马并行，送您到陆地尽头。

冈特	（向布林布鲁克）啊，你干嘛把话藏着掖着，朋友们跟你道别，你却一声不吭？
布林布鲁克	此时正该挥霍舌头之功，倾吐内心悲伤，但临别之言，说多少也不够。
冈特	你的悲伤只不过因为暂时别离。
布林布鲁克	可这段别离，没有欢乐，只有忧伤。
冈特	六个冬天算什么？一晃就过去了。
布林布鲁克	对快乐之人是这样，但忧伤把一小时抻长十倍。
冈特	你尽可以称之为一次开心之旅。
布林布鲁克	我明知这是一次强迫的旅程，把它叫错了，心里会叹息。
冈特	把你疲倦之足的忧郁之旅视为衬底的托儿，等你重归故国，这忧郁之旅便好比一颗衬托上的珍贵宝石。
布林布鲁克	不，宁愿说，迈出的令人讨厌的每一步都提醒我，离钟爱的宝石相隔多么遥远。难道我非得在异邦之旅长期当学徒，直到终

获自由，除了自吹自擂我是一个时间旅者，无话可说？

冈特　　对于一个智者，凡上天目力所及之地，都是港湾和快乐的避难所。要学会这样谈论自己的危难：危难乃世间第一美德。别想着是国王放逐了你，而要想是你放逐了国王。灾难落谁身上，谁若不堪承受，它会压得更重。去吧，当成是我派你前去赢得荣誉，而不是国王放逐了你；要不这样想：国内弥漫着毁灭的瘟疫，你却逃向一个清新之地。注意，要对你灵魂珍爱之物这样想象：它在你将到往之处，而非在你所来之地。把鸣啭的鸟儿当乐师；把你脚踏的草地，当成撒满灯芯草的宫廷接见厅；把鲜花当美妇；再没有比你的步履更愉悦的舞蹈或欢跳。

　　只要你嘲弄忧伤，别把它当回事，

　　任凭它怎么号叫，也没力气咬你。

布林布鲁克　　啊，谁能心里想着冰霜的高加索山①，徒手去抓火？谁能仅凭空想一场盛宴，就感到

---

　　① 高加索山区比邻小亚细亚，在古罗马诗人奥维德(Ovid)笔下，山区气候严寒，石头遍布。

辘辘饥肠吃饱喝足？谁又能仅凭冥想炎炎
夏日，便能赤身裸体在12月的冰雪里打滚？
啊，不，心里惦着好事，只会对糟糕的事更
有恶感：

　　忧伤的利齿一旦咬人，伤口化脓，
　　靠绽放溃烂减缓疼痛，无济于事。①

冈特　　　　好了，好了，我的儿，我送你走，
　　　　　　我若有你的青春和冤情，一刻也不留。

布林布鲁克　那好，英格兰的土地，再见；芳香的故土，
　　　　　　再见；这故土仍是承载我的生母和奶娘！
　　　　　　不管流落何方，这一点我张口夸耀：
　　　　　　尽管遭了放逐，我乃地道的英国人。

　　　　　　（同下）

---

① 布林布鲁克言外之意：要坦然面对忧伤。

第四场

伦敦;王宫一室。

(理查王与巴格特、格林从一门上;奥默尔从另一门上。)

理查王　我早看出来了。——奥默尔贤弟,你把高傲的赫福德送出多远?

奥默尔　假如您这样称呼他,那我只把高傲的赫福德送到最近的大路上,在那分的手。

理查王　说吧,流了多少离别的泪水?

奥默尔　实话说,我没流泪,只是东北风一阵紧似一阵吹得脸疼,惊醒了沉睡的眼泪。于是,一滴泪为我们假惺惺的离别做了点缀。

理查王　跟我那位老弟分手时,他说了什么?

奥默尔　只说"再见";我一想到从心里鄙夷舌头亵渎这两个字,便脑筋一转,装出离愁别苦的样子,好似把话都埋在伤别的坟墓里。以圣母玛利亚起誓,倘若"再见"一词能延长时间,给他短暂的流放增加几年，我便把一大堆"再见"送给他。但那怎么可能，因此我对他无话可说。

理查王　老弟①，他是我堂弟，但他一旦放逐期满，回到国内，究竟是否探访亲眷，我心里没谱。我和布希，还有在这儿的巴格特、格林，都看到他如何取悦于民。他以一副谦恭、亲和有礼的模样，活像潜入了他们内心；他甚至不惜向奴隶抛去敬意，以暗藏心机的微笑和对命运的耐心忍受，讨好那些穷工匠们，好像要把他们对他的深情一起带到流放地去。他摘下软帽向一个卖牡蛎的姑娘致敬；有两个马车夫对他说了一声"上帝保佑"，他立刻膝盖打弯，像进贡似的致谢，还加上一句"同胞们，亲爱的朋友们，多谢"，好像一下子成了万民期待的王位继承人，只要我一死，英格兰就归他了。②

格林　反正他已经走了，不必再想这事。眼下倒该关注爱尔兰的叛乱问题，——陛下，若再耽搁下去，他们定会发展壮大，给陛下造成损失，在此

---

① 奥默尔的父亲约克公爵是理查王的叔叔。理查王与布林布鲁克和奥默尔都是堂兄弟。

② 理查王这段台词意在说布林布鲁克善于笼络人心。参见《旧约·撒母耳记下》15:5—6："如果有人走近押沙龙，要拜押沙龙，押沙龙就伸手扶住他，亲吻他。押沙龙向每一个到王那里求审判以色列人都这样做，因此赢得了以色列人的心。"

之前,必须立刻采取行动。

理查王　这一战我将亲自出马。由于宫廷花销巨大①,赏赐太过慷慨,国库日渐不支。没办法,我只好把王室领地租给别人②,这笔税收可解目前燃眉之急。若还不够用,我再叫留在国内的国事代理人用空白捐金书③;到时发现谁家有钱,便命他们捐出大量黄金,给我送来,供我所用;因为我马上要亲征爱尔兰。

(布希上。)

理查王　布希,有什么消息?

布希　　冈特的老约翰病重,主上,病得很突然,家里急忙派人来,恭请陛下前去探望。

理查王　他病在哪儿了?

布希　　伊利府邸④。

理查王　上帝啊,真愿他的医生立即帮他进入坟墓! 正

---

① 王室雇佣人员上万,御厨即占百余人。据载,1397—1398 年,英格兰全国收入十三万七千九百镑,理查王一人用掉四万镑。

② 据霍林斯赫德《编年史》载:国王将王室领地租给四位亲信:威廉·斯克鲁普爵士（Sir William Scroop）、约翰·布希爵士（Sir John bushy）、威廉·巴格特爵士（Sir William Bagot）、亨利·格林爵士（Sir Henry Green）,四人预交等额租税之后,再承租出去,收取暴利。

③ "空白捐金书":类似空白支票,金额处空置留白,政府官员强迫富人签名或盖章之后,随意填上金额,再勒令照付。这一强制勒索富人钱财的做法是理查二世的虐政之一,遭致怨声载道。

④ 即伊利主教位于伦敦霍尔本的住处。

好拿他金库里的库存，为我征战爱尔兰的士
兵制备战袍、盔甲。——来，诸位，我们都去
探望：祈祷上帝，尽管我们赶着去，却仍迟到
一步。

全体　　阿门。（同下）

第二幕

第一场

伦敦;伊利府邸一室。

(生病的冈特①,与约克公爵及其他侍从上。)

冈特　　国王会来吗? 我得对他失控的青春吐露最后的忠告。

约克　　别自寻烦恼,也别白费力气,一切忠告对他的耳
　　　　朵都是徒劳。

冈特　　啊,但听人说,垂死之人的话语像和谐乐音,促使
　　　　人倾听。

　　　　临终之言虽少,但废话不多,

　　　　痛苦中的话语,必吐露真情。

　　　　比起那些年轻人的油嘴滑舌,

　　　　临终的遗言更叫人愿意倾听;

　　　　人活一世,临死之言才受听:

　　　　落日夕阳和临近尾声的乐曲,

---

① "第一对开本"舞台提示:冈特或坐着椅子被推上舞台。

像宴席最后的甜食，最醇美，

比那长久往事更能记挂在心。

即使理查对我生之忠告置若罔闻，

我临死的苦诉或还能打动他的耳朵。

约克　不，他耳朵里塞满了奉承话，比如对他至尊王权
的赞美；还有那些陈词滥调，年轻人就爱竖起耳
朵听里面的毒音；还有从奢华的意大利传来的各
种习俗时尚，总招致国人跟在屁股后边亦步亦
趋、低三下四地模仿①。世上刚一推出什么时髦的
玩意儿，——只要是新的，甭管多拙劣，——不都
很快钻进他耳朵里嗡嗡响吗？欲望向来反叛理性
的思考，此时进谏，太迟了。

你行将就木，勿再饶舌多言，

他别无选择，劝也徒费无益。

冈特　我感到自己是一个刚获得神灵感应的先知，要在
临死之时，这样预言他的未来：因为狂暴的烈焰
很快燃尽，他挥霍放荡的烈焰也难以持久；突如
其来的暴雨转瞬即逝，只有细雨才绵绵不绝；刺
马疾驰人易疲倦，吞咽太快人易噎食；浮华虚荣，
活像一个贪得无厌的暴食者，把一切吃光，就轮

---

① 理查二世时代，宫中时尚以受法国影响为最，受意大利影响已是莎士比亚时代的事情。

到捕食自己了。这一历代国王的宝座,这一君王权杖下的海岛,这片适于君王的国土,这处马尔斯①的居所,这另一座伊甸园——地上的天堂②;这个大自然特意营造、抵御瘟疫和战争之手的堡垒;这幸运的种族,这小小的世界;这镶在银海中的宝石,以大海为护卫的屏障或壕沟、抗拒命运不济的异族外邦的嫉恨;这神圣的福地,这疆域,这王国,这英格兰,这乳母,这孕育君王的胎宫,曾因其血统强大令人敬畏,又因其业绩威名远扬,——为基督和真正的骑士精神效命,——威名传到了凶顽的犹太③,神圣的玛利亚之子、基督坟墓所在地:——这片拥有如此可爱灵魂的国土,这片可亲可贵的国土,这片誉满天下的国土,现在竟然租出去了,——说起这个心里难受死了,——活像一所承租的住宅,或一处不值钱的农场。辉煌的大海环绕的英格兰哟,你如磐石般的海岸击退了尼普顿④的凶恶围攻,而今却被耻辱、

---

① 马尔斯(Mars):罗马神话中的战神。

② 冈特在此把英格兰喻为伊甸园。"伊甸园"典出《圣经》,参见《旧约·创世记》2:8:"主上帝在东方开辟伊甸园,把他造的人安置在里面。"13:10:"罗得向四周观看,看见约旦谷一直伸展到琐珥的整个平原:这平原水源充足,好像伊甸园。"《以西结书》28:13:"你住在上帝的园子——伊甸园里。"

③ 犹太(Jewry):指古罗马统治下凶顽抵抗基督教的巴勒斯坦南部地区。

④ 尼普顿(Neptune):罗马神话中的海神。

被满纸墨斑的空洞字眼、被几张臭羊皮纸契约,束缚住了;那个一向征服别人的英格兰,这回耻辱地征服了它自己。啊,愿这羞耻随我的生命一起消失,那随之而来的死亡该是何等幸事!

(理查王、王后、奥默尔、布希、格林、巴格特、罗斯、威洛比上。)

约克　　国王来了。对他这样的年轻人,态度要温和;烈性小马驹一旦被惹怒,脾气更大。

王后　　我高贵的兰开斯特叔叔可好?

理查王　伙计,怎么不舒服? 一把岁数的冈特感觉如何?

冈特　　这名字跟我的身体状况多配啊!"老冈特"的确,老了干巴瘦①:心里难受,老吃不下东西。人不进食,还能不干巴瘦?为英格兰长久安睡,我彻夜不眠;不睡使人瘦,一瘦就全干巴了:一些给当父亲的饱餐的美味,我忌口不吃,——我指的是,我孩子们的神情;这么一禁食,你便把我变成干巴瘦②。我干瘦得要进坟墓了,也干瘦得活像一座坟,那坟里除了收我这一把骨头,空空如也。

理查王　病人能如此巧妙地拿自己名字开玩笑吗?

---

① "冈特"(Guant):此处为双关,既指人名,又有"干瘦"(guant)之意。
② 冈特旁敲侧击理查王放逐了他儿子布林布鲁克,使他心里难受、茶饭不思、寝食难安,身体状况每况愈下。

冈特	不,苦中作乐,自嘲罢了:
	既然伟大的国王想叫我名字绝种,
	那我就嘲弄自己的名字,讨好他。
理查王	垂死之人还用得着讨好活人?
冈特	不,不,是活人讨好那快死的人。
理查王	分明是你快死了,却说讨好我。
冈特	啊,不,我只是身患重病,是你快死了。
理查王	我很健康,呼吸顺畅,在看着你生病。
冈特	此时,上帝知道我在看着你生病:我看不清我的病,却看得清你的病。你临死的病床并不比你国土小,你卧病在床,名誉病入膏肓——何况你还是一个过于粗心的病人,竟把自己涂过圣油的身体交给那些当初伤害过你的人医治。你那王冠没比脑袋大多少,可里面却坐了一千个马屁精,然而他们虽被关在这么一个小圈里,惹的祸却一点不比你的国土小。啊,当初你祖父①若能以先知之眼,预见他儿子的儿子将如何毁掉他的儿子们②,就会在你占有王冠之前,剥夺你的继承权,免得你做出这等叫他蒙

①指爱德华三世。
②冈特故意如此表达:"他儿子的儿子"即理查王,"他的儿子们"即爱德华的儿子们。

羞之事,弄到现在要自己废黜自己。唉,侄儿,
即便你是世界霸主,把他的国土①租给别人,
也是一种耻辱;何况这片国土是你仅能享有
的整个世界,如此使它蒙羞,还有比这更大的
耻辱吗?你顶多算英格兰的地主,不是什么国
王;你现在的法律地位只不过是法律的奴隶;②
而且,——

理查王　而什么且,你个犯了疯病、耍小聪明的傻瓜,竟
敢仗着发疟疾,用冷冰冰的警告把我气得脸色
发白,任凭狂怒把我的血色从双颊赶走。现在
我以至高无上的王位起誓,你若不是伟大爱德
华之子的弟弟,你脑袋里这条口无遮拦的舌
头,就会叫你的脑袋跟你狂妄无礼的两个肩膀
分家。

冈特　啊!我哥哥爱德华的儿子,你用不着因我是他
父亲爱德华的儿子就饶恕我③。你已像鹈鹕④一

---

①　"他的国土":即爱德华的国土。
②　意指国王只能按法律契约规定租赁土地。
③　这句里的身份有点绕口:"我哥哥爱德华"指爱德华三世之子、黑王子爱德
华,是冈特的长兄,"我哥哥爱德华的儿子"即理查王;"他父亲爱德华"即"黑王子爱
德华的父亲"爱德华三世,"他父亲爱德华的儿子",即冈特自己。此句意思就是:你理
查王用不着因为我是你亲叔叔就饶恕我。
④　鹈鹕(pelican):即塘鹅,在莎士比亚时代,传说母鹈鹕靠自己胸内的血喂食幼
雏长大。冈特用此比喻理查王靠贪食亲族的血把自己喂大。

样,把血啄出来开怀痛饮。我弟弟格罗斯特,一
个宅心仁厚的灵魂,——愿他在天之灵安享幸
福!——便是一个先例和明证,证明你对溅出
爱德华的血毫无顾忌①! 跟我眼下患的这场病
联手吧, 叫你的无情之举像个驼背老头儿,把
一株凋零已久的花立刻剪断。

> 苟活于辱,耻辱永不随你而死,
> 从今往后,这句话永远折磨你!
> 抬我上床,然后把我送入坟墓:
> 人活在世,皆因享有爱和荣光(被侍从等抬下)。

理查王　　　　叫臭脾气的怪老头儿都死光吧,

　　　　　　　你又老又偏,坟墓对你正合适。

约克　　　　　他年事已高,又身患顽疾,出言不逊,恳求陛下
　　　　　　　不要怪罪;

　　　　　　　他爱您,我以生命担保,他十分珍视您,
　　　　　　　像赫福德公爵哈里一样,假如他在国内。

理查王　　　　对,你说得对:他就像赫福德一样爱我,
　　　　　　　他们对我有来,我便有去往,如此而已。

(诺森伯兰上。)

诺森伯兰　　　陛下,老冈特向您问候。

理查王　　　　他说什么?

---

① 此处,冈特影射理查王害死了格罗斯特。

诺森伯兰	什么也没说。老兰开斯特话都说完了，
	此时他的舌头已成一件无弦琴，
	他把话语、生命及一切都耗尽！
约克	愿约克紧随其后，也这样耗光！
	死虽凄苦，却可了断凡间悲伤。
理查王	最熟的果子最先落，他已落地。
	他已耗尽，我们继续人生之旅。

这事到此为止。言归正传，谈谈爱尔兰的战事：我们必须干掉那些粗野的、披头散发的爱尔兰轻步兵，他们活着像毒物一样，所到之处，其他任何毒物都休想存活。用兵之事，非同小可，少不了花销，为补充军需，我决定将我叔叔冈特所有的金银餐具、金银钱币、家财资产，一律充公。

约克	我得忍多久？啊！顺臣之责还要我对大逆不道忍多久？格罗斯特之死，赫福德遭放逐，冈特被斥责，英格兰人人怨愤，可怜的布林布鲁克婚事遇阻①，连同我自身蒙羞受辱②，这一切都不曾使我隐忍的面颊露出半点不悦

---

① 布林布鲁克 1394 年丧妻，打算流放法国期间，娶瓦卢瓦国王查理六世的表妹、贝里公爵（Duke of Berri）之女为妻，被理查王阻止。

② 全剧始终未交代理查王如何使约克公爵遭受屈辱。

之色,也不曾当着君王的面皱过一次眉。我是高贵的爱德华的幼子,您父亲威尔士亲王是他长子①:这位血气方刚的王子,打起仗来比暴怒的狮子还凶猛;和平时期,又比温顺的羔羊更和善,无人能及。您长得像他,他在您这个年纪,也是这样的面庞,但他只向法国、而从不向自己的朋友横眉冷对;他的花销都是他用自己的尊贵之手赢来的,而从他辉煌的父亲之手赢来的钱,他一分也不花。他的手没犯下叫亲族流血之罪,手上染的都是亲族之敌的血。啊,理查! 约克伤心极了,否则绝不拿你跟他比。

理查王　　哎呀,叔叔,到底怎么回事?

约克　　啊,陛下,如果您愿意,请宽恕我;如果不,我,本没打算被宽恕,我情愿如此。莫非您想把遭放逐的赫福德所享有的国王授予的权利和其他权利,都一把抓来攥手里? 冈特不是死了吗? 赫福德不是还活着? 冈特不正直吗? 哈里不忠诚吗? 难道冈特不该有一个继承人吗? 难道他儿子没继承的资格吗? 夺走赫福德的权利②,等于剥夺了时间的特许及其继承和延续,那就别

---

① 威尔士亲王,即理查王的父亲黑王子。
② 指剥夺赫福德合法继承父亲冈特的权利。

让明天跟着今天吧。您不再是您自己，——若
非按公平顺序和继承权，您怎么当上国王？此
刻，上帝见证，——愿上帝不准我说中！——
倘若您不公正地夺取赫福德的权利，废除他可
通过律师申请继承权的权利特许书①，拒绝他
的效忠声明②，那您就会把千种危险引到自己头
上，失掉一千颗仁慈向善之心，还会把我柔顺
的耐心刺出一些荣誉与忠诚难以想象的念头。

理查王　　　　随你怎么想，我要把他的金银器、

　　　　　　　他的钱财、他的土地，一抓在手。

约克　　　　　我不再久留。陛下，再会：

　　　　　　　后果将如何，无人能预料；

　　　　　　　只要干坏事，无人不知晓，

　　　　　　　恶行遭恶报，不会结好果。（下）

理查王　　　　布希，马上到威尔特希尔伯爵③那儿去：叫他到
　　　　　　　伊利府邸来见我，处理这件事。——明天一早
　　　　　　　我们去爱尔兰；我料定，是时候了。我任命约克
　　　　　　　叔叔，在我出征期间，出任英格兰总理大臣：他

---

① 权利特许书：国王颁发给贵族的一份有国王签字的文件或凭证，贵族死后，
其合法继承人可凭此向国王申请继承土地及贵族头衔。

② 指继承人继承土地权利时须向国王公开声明，宣布效忠。

③ 威尔特希尔伯爵（Earl of Wiltshire），原名威廉·勒·斯科罗普（William le
Scrope），理查王的亲信，后被亨利四世处决。

为人正直,对我一向爱戴。——来,我的王
后:明天我们要分手,高兴点儿,待不多久我
就得动身。(喇叭奏花腔)

(国王、王后、布希、奥默尔、格林、巴格特下。)

诺森伯兰　　唉,二位大人,兰开斯特公爵死了。

罗斯　　　　也还活着,因为他儿子现已继承爵位。

威洛比　　　徒有虚名,毫无收益。

诺森伯兰　　若正义讨来公道,爵位、收益都不在话下。

罗斯　　　　我心里堵得难受,真想无遮无拦说个痛快,
再一声不吭,心就憋碎了。

诺森伯兰　　不,把心里话说出来吧;谁要拿你的话回过
来害你,叫他永不开口!

威洛比　　　你想说的,跟赫福德公爵有关吧?如果是,老
兄,大胆说出来;凡对他有好处的话,我立刻
竖起耳朵。

罗斯　　　　对他有益的事,我什么也做不了,除非你把
对他被剥夺财产表示同情也算有益。

诺森伯兰　　现在,上帝见证,在这片日渐衰退的国土上,
像他这么一位尊贵的亲王,还有更多的王室
尊亲,竟遭如此冤情,简直耻辱。国王像变了
一个人,任由那些下贱的马屁精摆布;只要
他们出于嫉恨,向国王告发我们中的任何一
个,国王都会严厉追究,我们的性命、我们的

子女、我们的继承人，无不堪忧。

罗斯　　　　他对普通百姓课以重税，民心尽失；贵族们
　　　　　　要为宿仇积怨交纳罚款，也早对他起了二心。

威洛比　　　还有，他每天都弄出敛财的新花样，——什么
　　　　　　空白捐金书，强制借贷①，名目繁多，不知有多
　　　　　　少。但以上帝的名义问一句，钱都哪去了？

诺森伯兰　　反正没花在战事上，因为他根本不打仗，他
　　　　　　只是懦弱退让，把他祖先打下来的土地拱
　　　　　　手相送②。他在和平时期的花销比战时消耗
　　　　　　还大。

罗斯　　　　威尔特希尔伯爵把整个王国的租税都承
　　　　　　包了。

威洛比　　　国王像一个破落户，快破产了。

诺森伯兰　　耻辱和瓦解已降在他头上。

罗斯　　　　尽管他重税敛财，还是没钱跟爱尔兰开战，

---

　　①强制借贷：为1474年爱德华四世（Edward IV，1442—1483）创立的苛捐税
负，强迫有资产者必须向政府提供资金，以示效忠国王。理查三世（Richard III，
1452—1485）将之废止，后又为亨利七世（Henry VII，1457—1509）采用，一直沿用
到查理一世（Charles I，1600—1649）。显然，莎士比亚将后世王朝的事前置到理查
二世时代。

　　②理查二世为求得和平，一味对法国退让。1393年，理查王与瓦卢瓦国王查理
六世缔约，1396年续约，并欲娶法王之女伊莎贝尔为妻。此处所谓把土地拱手相送，
指1397年理查王将布雷斯特（Brest）和瑟堡（Cherbourg）让给布列塔尼公爵（Duke of
Brittany）。布雷斯特为今天法国西部港口城市，瑟堡为西北部港口城市。然而，事实
上，理查二世并无保留这两处土地的权利。

只好掠夺遭放逐的公爵。

诺森伯兰　那是他高贵的族亲：——堕落透顶的国王！可是，二位大人，我们听见这可怕暴风雨的呼号，却不曾找一处遮风挡雨的避难所；眼见狂风猛袭船帆，我们却不收船，坐等船毁人亡。

罗斯　　　灭顶之灾近在眼前；当初，我们对毁灭的原因如此忍耐，现在，危险不可避免。

诺森伯兰　并非如此，我已从骷髅空洞的眼眶里发现有生命在凝视；但我不敢说安抚人心的消息离我们还有多远。

威洛比　　不，我们跟你说了实话，也让我们知道你怎么想的。

罗斯　　　放心说吧，诺森伯兰，咱们仨亲如一人；有话就说，心里想什么说什么，尽管大胆直言。

诺森伯兰　好吧，是这样：——我从布列塔尼湾的港口勒布朗得到情报，赫福德公爵哈里，最近刚跟埃克塞特公爵决裂的科巴姆勋爵雷诺德，阿伦德尔的理查伯爵之子①，还有他弟弟、前任坎特伯雷大主教②、托马斯·欧平汉爵士、约

①　"阿伦德尔的理查伯爵之子"（The son of Richard Earl of Arundel），疑为原来脱落的一句，1790 年由后世莎学家马龙（Malone）增补。

②　阿伦德尔的弟弟托马斯·阿伦德尔（Thomas Arundel），1397 年，哥哥阿伦德尔反叛被处死，弟弟受牵连，遭放逐。

翰·兰思顿爵士、约翰·诺伯雷爵士、罗伯特·沃特顿爵士,还有弗朗西斯·考因特,——这些人都得到布列塔尼公爵的精良装备,乘坐八艘大船,满载三千士兵,正全速驶来,很快就在咱们北部海岸登陆。若非先等国王出兵爱尔兰,他们可能早到了。那么,如果我们要挣脱奴隶的枷锁,为修复国家垂落折损的翅膀,插入新羽毛,把被玷污的王冠从典当商手里赎回来,把包住黄金权杖的尘垢擦掉,恢复至尊威严的王权,就赶快和我一起去雷文斯堡①:

> 如果你们没信心,害怕这样做有风险,
> 就待在这儿,别声张,我只身前往。

罗斯　　上马,上马! 让懦夫在这儿迟疑吧。

威洛比　　只要我的马撑得住,我准第一个到。(同下)

---

① 雷文斯堡(Ravenspurgh):原约克郡亨伯河(River Humber)口一海港。1399 年,亨利·布林布鲁克从流放中回到英格兰,在此登陆。

第二场

宫中一室①。

(王后、布希、巴格特上。)

布希　王后陛下,您过于忧伤:跟国王分别时,您答应搁置害人的悲伤,保持心情愉快②。

王后　我这样说,是为宽慰国王。若哄自己开心,也不用这么说。可不知怎么回事,除了跟我亲爱的理查这么亲的客人告别,我竟会把忧伤当成一位客人来欢迎:但此外,我感到某种已在命运胎宫中成熟、却未落生的悲伤正向我袭来,而我的内心在为这空无一物的悲伤颤抖:它或多或少比我同国王夫君分别的悲伤更大。

布希　每一种真实的悲伤都有二十个镜像,它们全貌似

---

① 有版本的舞台提示注释此处为"温莎城堡"。
② 参见《旧约·德训篇》38:18:"因为哀伤导致死亡,心灵的忧伤侵蚀健康。"

　　悲伤,却并非如此。因为悲伤的眼睛,泪眼迷离,会
把一个完整的东西看成许多分离物;好似幻镜①,
正面直视,迷糊一团,空无一物;从侧面看,才辨
出形状。因此,仁慈的王后,您正是从侧面看与夫
君别离,除了最初的哀叹,还能见到更多悲伤的
形状;而只要正面直视,那种种的悲伤不过是空
无一物的镜像。那么,

　　　　十分仁慈的王后,只为国王离别伤心,②

　　　　别再哭泣,因为别离之外再不见忧伤;

　　　　哪怕看见忧伤,也是悲伤泪眼的错觉,

　　　　好似为真悲落泪,却是在为幻象哀泣。

王后　　或许如此,但我内心告诉我不是这样。别管怎样,
我没办法不悲伤,如此深重的悲伤——

　　　　　尽管我不确知心里到底在想什么,

　　　　　却被虚无的沉重压得虚弱、畏缩。

布希　　这只是幻想,仁慈的王后。

王后　　绝非如此。幻想总源于从前的某种悲伤;我的悲
伤不这样,因为我这悲伤毫无来由,或者,我这莫

---

　　① 一种透视魔镜,是当时流行的玩具,有多个镜片组成,不同角度能看出不同
的镜像。

　　② 十分仁慈的王后(thrice-garcious Queen):直译为"三倍仁慈的王后"。所谓"三
倍",即十分、格外、非常之意。

名的悲伤有点来头儿:它先天就有;——

但到底怎样,现在一无所知;——

我只能管它叫"无名的悲伤"。

(格林上。)

格林　　上帝保佑陛下!幸会,诸位:希望国王驶向爱尔兰
　　　　的船还没起航。

王后　　你为何如此希望? 你本该希望他已经起航,因为
　　　　他的计划迟则生变,越快越有希望,那你为何希
　　　　望他还没起航?

格林　　我们希望他从爱尔兰撤军,赶紧把敌人的希望变
　　　　成绝望,一支强大的军队已在我国土登陆:遭放
　　　　逐的布林布鲁克把自己从流放中召回,挥舞着武
　　　　器安全到达雷文斯堡。

王后　　天上的上帝不准! ①

格林　　啊!夫人,千真万确!更糟的是,诺森伯兰勋爵,他
　　　　儿子、年轻的亨利·珀西,还有罗斯、博蒙德、威洛
　　　　比等几位大人,全都带着他们有权势的朋友逃到
　　　　他那儿去了。

布希　　你为什么不宣布诺森伯兰及其他犯上作乱者,都
　　　　是叛徒?

---

① 此为旧时一种惯用咒语,意为:上帝不准发生这种事!

格林　　宣布了,话声刚落,伍斯特伯爵①就折断权杖②,辞
　　　　去宫廷总管之职,而且宫中全部仆从都跟他一起
　　　　逃向布林布鲁克。

王后　　这么说,格林,你是我悲伤的催生婆,布林布鲁克
　　　　则是从我悲伤里生下的可怕儿子。现在,我的灵
　　　　魂总算养出一个怪物,而我,一个气喘吁吁的新
　　　　生产妇,真是悲中平添许多忧,苦中徒增更多愁。

布希　　夫人,不必失望。

王后　　谁能阻止我?我偏要失望,好与骗人的希望为敌:
　　　　——他③是一个马屁精、一个寄生虫、一个阻止死
　　　　神的人,死神温存解开生命的束缚,骗人的希望
　　　　却把生命的最后时刻拖延。

(约克上。)

格林　　约克公爵来了。

王后　　他苍老的脖颈戴着战争的标记④,啊! 他的神情透出
　　　　满腹焦虑! 叔叔,看在上帝分上,说几句安慰话⑤。

---

　　①伍斯特伯爵:即诺森伯兰的弟弟托马斯·珀西。

　　②伍斯特伯爵折断象征宫廷总管权力的权杖, 意味着解除自己和所有宫中仆
从的职务。

　　③他:指"骗人的希望"。

　　④战争的标记:指约克公爵脖子上戴着保护脖子的颈甲。

　　⑤参见《旧约·撒母耳记下》14:17:"我想陛下的话一定会安慰我,因为王像上
帝的天使一样能辨别是非。"《撒迦利亚书》1:13:"上主用安慰的话回答天使。"

约克　　如果这样做，便是心口不一：安慰在天国，而我们
　　　　在尘间，人世除了苦难①、忧愁和悲伤，别无所有。
　　　　你丈夫，为保护王权远赴爱尔兰，家里却被别人
　　　　乘虚而入。他留我在这儿支撑局面，可我年老体
　　　　衰，连自己都快撑不住。现在，他暴饮暴食带来的
　　　　作呕时刻已经来临，该他的那些马屁精朋友一试
　　　　身手了。

（一仆人上。）

仆人　　（向约克）大人，我来之前，您儿子②已经走了。

约克　　他走了？——唉，好吧！——一切听凭自然！
　　　　——贵族们全逃了，老百姓心灰意冷，我恐怕都
　　　　会叛变，逃到赫福德那边。小子③，你快去普拉西，
　　　　见到我弟媳格罗斯特：叫她立刻送一千镑给我。
　　　　——等一下，拿上我的戒指。

仆人　　大人，有件事忘了禀告您：我今天来的路上，打那
　　　　儿过，——只是，我若如实禀报，您该难过了。

约克　　什么事，小子？

---

　　①此处"苦难"原文用的是"十字架"（crosses）一词。在《圣经》中，耶稣背负十字
架，即为背负苦难、赴死牺牲。参见《新约·马太福音》10:38："那不肯背起自己的十字
架跟着我的脚步走的，也不配跟从我。"16:24:（耶稣对门徒说）"如果有人要跟从我，
就得舍弃自己，背起他的十字架。"
　　②指约克公爵之子奥默尔公爵，他去爱尔兰投奔国王。
　　③小子（Sirrah）：贵族对下人的称谓。

仆人　　在我来前一小时，公爵夫人死了。①

约克　　愿上帝保佑！灾难竟一下子潮汐般向这灾难的国土
　　　　涌来！我不知该怎么办：——我祈求上帝！——
　　　　只要当初我不是因为不忠激怒国王，——真愿
　　　　他把我和我弟弟一起砍头。——怎么，还没派
　　　　信差去爱尔兰？——我们怎么筹款应付这场战
　　　　争？——(向王后)来，弟媳②，——我该说侄媳，——
　　　　请原谅。——(向仆人)去，小子，回你家，预备几辆
　　　　马车，把那儿③的盔甲运来。(仆人下)——先生们，
　　　　你们能去集合人马准备行动吗？如果我知道怎么
　　　　处理胡乱塞在我手里的这些事，永远别信我。两
　　　　个人都是我血亲：——一个是我的君王，誓言和
　　　　责任都叫我保卫他；另一个是我的家人，国王冤
　　　　枉了他，良心和手足之情又都叫我替他伸张正
　　　　义。好，我们必须做点什么。——来，侄媳，我先
　　　　把你安顿好。——先生们，去召集人马，立刻到
　　　　伯克利城堡④跟我会合。我该去趟普拉西；——

---

①历史上的格罗斯特公爵夫人，于 1399 年 12 月 3 日死于埃塞克斯郡巴金(Bark-ing)，比剧中的死亡时间晚几个月。这当然是莎士比亚为剧情需要，故意这么安排。

②约克公爵心里惦记着刚去世的弟媳，误把侄媳王后叫成弟媳。

③那儿：即普拉西。

④伯克利城堡(Berkeley Castle)：位于格洛斯特郡(Gloucestershire)，临近布里斯托(Bristol)。

但时间不允许：——全乱了套，

每一件事都混沌一片杂乱无序。(约克公爵与王后下)

布希　风向正好把消息吹到爱尔兰，可那边一个回信也没有。要我们募集一支与敌人实力相当的军队，万无可能。

格林　况且，我们深受国王恩宠，那些不受国王待见的人恨我们。

巴格特　那都是随风摇摆的百姓。因为他们把爱全装自己钱袋里，谁掏空他们的钱袋，谁就在他们心里塞满仇恨。

布希　在这点上没一个老百姓不骂他。

巴格特　国王一直宠信我们，若审判权落他们手里，我们的命运也在他们手里。

格林　唉，我这就去布里斯托城堡避难，威尔特希尔伯爵已经在那儿了。

布希　我跟你一起去。充满仇恨的百姓除了像恶狗似的把我们撕成碎片，不会别的。——(向巴格特)你愿和我们一起去吗？

巴格特　不，我要去爱尔兰面见国王。

再见，若心中预感不失灵，

咱们仨今日一别将成永诀。

布希　那要看约克有没有本事，一举击退布林布鲁克。

格林　哎呀，可怜的公爵！他肩负的职责，

好比数清沙粒，一口喝干海洋；

一人为他助战，却有千人逃亡。

就此告别吧，别后永无相逢时。

布希　　　好吧，也许还会再见。

巴格特　　恐怕，永难聚首再见。（同下）

第三场

格洛斯特郡荒野。

（赫福德公爵布林布鲁克与诺森伯兰率军上。）

布林布鲁克　伯爵，这儿离伯克利还多远？

诺森伯兰　　尊贵的阁下，实不相瞒，我对格洛斯特郡
　　　　　　完全陌生：这些高山野岭和崎岖不平的道
　　　　　　路，把路程抻长，弄得我们疲惫不堪；但您
　　　　　　亲切的话语像蜜糖一样，使一路苦行甜蜜
　　　　　　得令人愉快。我由此想到罗斯和威洛比，
　　　　　　没您一路同行，他俩从雷文斯堡到科茨沃
　　　　　　尔德①，一定索然无味。所以，我敢断言，有
　　　　　　您消磨时间，我的行程其乐融融。但我此
　　　　　　时享有的愉悦，正是他们苦行的甜蜜希
　　　　　　望。希望快乐的快乐，一点不亚于享受到

---

① 科茨沃尔德(Cottshold, i.e Cotswolds)：分布于牛津郡和格洛斯特郡的乡村地区。

了快乐。两位疲乏的大人，似乎只能凭这一希望缩短行程，就像我有尊贵的您同行才不觉乏味。

布林布鲁克　借您吉言，我的同行没您说得那么管用。——谁来了？

（亨利·珀西上。）

诺森伯兰　我的儿子，年轻的亨利·珀西，是我弟弟伍斯特不知从什么地方派他来的。——亨利，你叔叔好吗？

珀西　父亲，我还想跟您打听他身体如何呢。

诺森伯兰　怎么，他没在王后那儿？

珀西　没在，父亲大人。他已抛弃宫廷。他折断权杖，遣散了王室仆从。

诺森伯兰　这是为何？我们上次商谈时，他还没这么决绝。

珀西　都因父亲大人您被宣布为叛逆。不过，父亲，他已去雷文斯堡，为赫福德公爵效力，派我来伯克利，打探约克公爵聚集了多少军队，然后直接去雷文斯堡。

诺森伯兰　孩子，你把赫福德公爵忘了？

珀西　不，父亲大人，我从不记得，何谈忘记？据我所知，我今生从未见过他。

诺森伯兰　那现在认识一下：这就是公爵。

| 珀西 | 仁慈的大人，我愿为您效力。尽管我现在尚无阅历，未经打磨，年轻气盛，但会随着年龄日渐成熟，到时更好为您效命、建功立业。 |

| 布林布鲁克 | 谢谢你，高贵的珀西；相信我，我有一颗铭记好友的灵魂，没什么比这更让我感到幸运。一旦我的运气随你的爱戴成熟起来，它终会报答你的忠诚。我的心立下这个契约，以我的手为凭做证（与珀西握手）。 |

| 诺森伯兰 | 离伯克利还有多远？好心的老约克和他的人马在那儿有何行动？ |

| 珀西 | 那儿就是城堡，边上一片树丛，听说守军有三百人，里面除了约克、伯克利和西摩尔几位勋爵，——再没其他有名望的贵族。 |

（罗斯和威洛比上。）

| 诺森伯兰 | 罗斯和威洛比勋爵来了，一路飞奔，满脸通红，马肚子刺得全是血。 |

| 布林布鲁克 | 欢迎，二位大人。我深知，你们以友情追随一个遭放逐的叛徒；眼下我的所有财富只是一句空口白牙的感谢，待我富足之后，对你们的忠心和劳苦，一定酬谢回报。 |

| 罗斯 | 最尊贵的大人，与您见面已使我们富足。 |

| 威洛比 | 而且，得此回报远超我们的辛劳。 |

布林布鲁克	无尽的谢意——是穷人手里仅有的财富。在我幼稚的命运成年之前,这便是我慷慨的酬谢。——又有谁来了?
诺森伯兰	我猜,一定是伯克利大人。

(伯克利上。)

伯克利	赫福德大人,我有话捎给你。
布林布鲁克	阁下,我以"兰开斯特"①之名答复你:我回英格兰只为求得这个名号;你必先亲口说出这一名号,我才回答你的问话。
伯克利	大人,别误会,我无意抹去你的荣衔。我受本国最仁慈的约克公爵之命,前来见你,大人,——甭管你希望我对你用什么称呼,——只想获知,是什么驱使你趁国王出征之际擅自起兵,惊扰国内和平。

(约克偕侍从上。)

布林布鲁克	我的话无须你转达,公爵大人亲自来了。——我高贵的叔叔!(跪)
约克	我要你向我展示谦恭之心,不要跪拜,那是骗人的虚礼客套。
布林布鲁克	我仁慈的叔叔,——

---

① 布林布鲁克从流放中回到英格兰,力求继承父亲冈特的约翰的兰开斯特公爵的名号。

约克	哼,哼!别跟我提仁慈,也别叫我叔叔。我不是叛徒的叔叔,从一张邪恶的嘴里蹦出这个字,分明是亵渎"仁慈"。为何你这遭放逐、禁止入境的两条腿,胆敢再次触碰英格兰国土的尘埃?我还要再问几个"为何":——为何这两条腿胆敢在她和平的胸怀行进这么多里,用战争和卑劣的武力炫耀,把她的乡村吓得脸色苍白?你是因涂了圣油的国王①不在才回来的吗?唉,蠢材,国王还在,他的权力就在我忠诚的心底。假如我现在还是个血性青年,能像当年那样,与你父亲——勇敢的冈特一起,把马尔斯一样神勇的年轻黑王子②从法国的千军万马中救出来。啊!那此时,我这只遭瘫痪囚禁的胳膊,将多么迅疾地惩罚你,纠正你的罪过!
布林布鲁克	仁慈的叔叔,让我知道何罪之有:我触犯了哪条法律,还是品行不端?
约克	你的性质最恶劣,——聚众谋反,犯下伤天害理的叛国罪:你被放逐了,却在期满

---

① "涂了圣油的国王":指得到上帝护佑的国王神圣不可侵犯。

② 黑王子(Black Prince):即爱德华三世之子、理查王的父亲。马尔斯(Mars):即罗马神话中的战神马尔斯。此句赞美黑王子像罗马战神一样神勇。

之前回到此地，以武力反抗你的君主。

布林布鲁克　（起身）我是被放逐了，是以赫福德之名遭放逐的，但我现在回来了，是以兰开斯特之名回来的。高贵的叔叔，恳求以公正的眼睛来看我的冤情：我见老冈特还活在您身上，您就是我的父亲。那么，啊！父亲，您能容许我遭人判罪，变成一个漂泊的流浪汉吗？能容许我的权利和王室特权被人从我怀里强行夺走，任由那些暴发户①去挥霍？为何要生我？如果我堂兄能当英格兰国王，那我就该名正言顺是兰开斯特公爵。您有一个儿子，奥默尔，我高贵的堂弟，假如您先去世，而他被人如此践踏，他一定会发现他的伯父冈特像生父一般，对他的冤情穷追不舍，非查出究竟不可。我手里有赋予我权利的特许证书，却拒绝我申请继承：我父亲的财产全被依法没收、变卖，而所有这一切，全被胡乱糟践。您叫我怎么办？身为一个臣民，我要求得到合法权益，不准我请律师，那我只能亲自前来，继承本该合法继承的遗产。

---

① 指暴发的年轻新贵们。

约克	这位高贵的公爵竟受到如此虐待。
罗斯	大人有责任为他主持正义。
威洛比	有好多下贱之人,因瓜分他的财产而暴富。
约克	英格兰的诸位大人,让我告知这一点: ——我对侄儿的冤情深有所感,也曾尽全力为他伸张正义,但以这种方式前来,动用武力,兴兵自救,靠非法之举寻求正当权益,——是不可以的;你们煽动他采取这一行动,等于支持叛乱,全都成了叛逆。
诺森伯兰	这位高贵的公爵发了誓,他回国只为得到合法权益,而且,我们都已郑重起誓,伸出援手,帮他取得权益。谁背弃誓约,将永无宁日!
约克	好吧,好吧,我看见了这场交战的结果:我必须坦承,我因兵力薄弱,装备不足,无力回天,但如果可能,我愿以赐我生命的他①起誓,我要把你们全都逮捕,叫你们跪在仁慈的君主脚下求饶。既已无能为力,我便告知你们,我保持中立。——你们若愿意,就进入城堡,今晚在此歇脚过夜;若不愿意,那再见吧。

---

① 他(Him):指上帝。

布林布鲁克	叔叔,我们愿意接受您的邀请,可我们得劝您先跟我们去一趟布里斯托城堡。听说布希、巴格特及其帮凶全在那儿,我已发誓要将这伙儿寄生虫铲除、撕扯干净。
约克	我可以同往,但不宜现在去, 因为我不愿破坏国家的法律。 既非友又非敌,我欢迎你们: 对无力回天之事,何必劳神。(同下)

第四场

威尔士一兵营。

[索尔斯伯里伯爵与一威尔士军官(队长)上。]

队长　　　　　索尔斯伯里大人,我们已等了十天,好不容易才把乡民聚拢起来,却总不见国王的消息,因此,我们散了吧。再见。

索尔斯伯里　　忠实的威尔士人,再等一天:国王把全部信任寄托于你。

队长　　　　　我估摸国王死了,我们不等了。我国的月桂树①都已枯萎;彗星又把天上的恒星惊扰②;苍白的月亮涨红了脸望着地球;干瘦的先知低声预言可怕灾变的降临;有钱人一脸愁容,流氓们手舞足蹈,——富人们怕

---

① 茂盛的月桂树常用来象征胜利和不朽。

② 中世纪的人们认为彗星的出现是不祥之兆。

失去他们享有的一切,流氓们憋着趁战乱
狂捞一把:这些都预示着死亡的命运或国
王的覆灭。——

　　再见,乡民们都已逃散,

　　他们都认定理查王死了。(下)

索尔斯伯里　啊,理查!我心怀沉重,眼见你的荣耀像一
颗流星从天空掉在卑贱的地上①。

　　你的太阳哭着沉入低矮的西方,

　　预示风暴、灾难、战乱将来临。

　　你的朋友都逃去效忠你的仇敌,

　　一切的命运全对你的利益没好处。(下)

---

① 参见《新约·路加福音》10:18:(耶稣对门徒说)"我看见撒旦像闪电一样从天上坠下来。"《启示录》8:10:"第三个天使一吹号,有一颗大星,像燃烧着的火把一样,从天上坠下来。"9:1:"第五个天使一吹号,我看见一颗星从天空坠下来,掉在地上。"

第三幕

第一场

布里斯托;布林布鲁克军营。

（布林布鲁克、约克、诺森伯兰、亨利·珀西、威洛比、罗斯与俘虏布希、格林
上。）

布林布鲁克　　　　把那两个人带过来。布希、格林,我不愿搅
　　　　　　　　扰你俩的灵魂,——因为你俩的灵魂很快
　　　　　　　　就跟肉体分离,——也不愿过多数落你俩
　　　　　　　　一生的邪恶劣迹,那未免有失厚道。不过,
　　　　　　　　为把你俩沾我手上的血洗净,①处死你俩,
　　　　　　　　我得在这儿公布一些法律上的原因。你俩
　　　　　　　　把一位王子、一位尊贵的国王引入歧途,一
　　　　　　　　个血统高贵、相貌威仪的幸运儿,被你俩

---

① 罗马帝国派驻犹太(Judaea)行省的总督彼拉多(Pilates),曾在耶稣被不满的
群众带走钉十字架之前,为逃避良心的谴责,当众以水洗手,显示自己的清白。事见
《新约·马太福音》27:24:"彼拉多看那情形,知道再说也没有用,反而可能激起暴动,
就拿水在群众面前洗手,说:'流这个人的血,罪不在我,你们自己承担吧。'"

陷入不幸、彻底损毁：你们用罪恶的时刻①
离间国王和王后，打破了他俩愉悦的床笫
之欢，你们的恶行叫美貌的王后以泪洗
面，玷污了她秀媚的双颊。我，——生在王
室贵胄之家，本与国王是血缘近亲，手足
情深，直到你们叫他对我心生误解，——
在你们的伤害下缩起脖子，跑到异乡的迷
雾里吐出我英国人的叹息，啃着放逐中的
苦涩面包②；而这时，你们却侵吞我的财产，
开放我的猎场③，砍伐我的树林，扯下我窗
户上的家族盾徽，把我的家族纹章捣毁，
弄得我除了人们对我的口碑和我的一腔
热血，再无任何标记向世人证明我是一个
贵族。此外，还有很多理由，比两倍多得多
的理由，判你们死刑。——把他们押下去
处死，交到死神手里。

布希　　　死刑对于我，比布林布鲁克对于英格兰更
受欢迎。——诸位大人，再见！

---

① 罪恶的时刻：指这两人带着国王四处淫荡。

② 参见《旧约·列王记上》22：27："吩咐他们把米该雅关在监狱里，每天给他仅
够维持生命的面包和水，等到我平安回来。"《申命记》16：3："这种饼又叫苦难饼；你
们要吃，好使你们终生记念出埃及、脱离苦难的那一天。"

③ 王室贵族专有围起来供消遣娱乐的狩猎场。

格林	我欣慰的是，上天会接受我们的灵魂，用地狱之痛苦折磨不义之人①。
布林布鲁克	诺森伯兰大人，您去监督行刑。

（诺森伯兰及余众押二犯下。）

	——叔叔，您说王后在您家里。看在上帝的分儿上，把她照顾好：替我向她谨致问候，要特别注意把我的敬意带到。
约克	我已派人去给她送信，信里写满您对她的敬意。
布林布鲁克	多谢，仁慈的叔叔。——来，诸位大人，我们走，去同格兰道尔及其帮凶作战；辛苦几天，然后再休闲。（同下）

---

① 参见《旧约·诗篇》18:5:"阴间的绞索缠绕着我；/ 坟墓的罗网等待着我。"116:3:"死亡的绞索环绕着我；/ 阴间的恐怖笼罩着我。"

第二场

威尔士海岸;一城堡在望①。

(鼓声。喇叭奏花腔。军旗飘扬。理查王、奥默尔、卡莱尔主教及士兵等上。)

理查王　　眼前这地方就是你们说的巴克洛利城堡吗?

奥默尔　　是的,陛下。刚经过一番汹涌海浪的颠簸,这儿
　　　　　的风光您还喜欢吗?

理查王　　我怎能不喜欢:再一次踏足我的王国,高兴得
　　　　　落泪。亲爱的国土,尽管叛乱者用马蹄糟蹋你,
　　　　　我却以手向你致敬;一位久别孩子的母亲,母
　　　　　子重逢,不免动情落泪、喜笑颜开,我也这样,
　　　　　一边挥泪一边微笑,向你致敬,我的故土,我要
　　　　　用君王的双手爱抚你。我可爱的国土,别喂养
　　　　　你君王的仇敌,也别以美味安抚他贪婪的肠

_____

① "第一对开本"舞台提示,场景在威尔士北部的巴克洛利城堡(Barkloughly
Castle),实为哈莱克城堡(Harlech Castle)。

胃;让吸满你毒液的蜘蛛和步态拙笨的蟾蜍遍布在他们的必经之路,只要他们用篡权的脚步践踏你,你就把他们叛逆的双脚来伤害:让我的敌人长出刺痛的荨麻!当他们要从你的胸间摘一朵花,我恳求你,用潜伏的蝰蛇①保护它,让蝰蛇分叉的舌头死咬一口,把你君主的敌人毒死。——诸位大人,别嘲笑我向毫无知觉的土地发出吁求:只要她合法的国王,还没在邪恶的叛逆武力下摇摇欲坠,这块土地就会有知觉,这些石头也会变成武装的士兵②。

卡莱尔　别担心,陛下:既然上帝以神力③使你为王,他就有力量不顾一切让你保有王位。上天之意不可违,必须接受;否则,若天命如此,我们不愿接受,那倒是我们拒绝了上天赐予的救助和补偿。

奥默尔　他言下之意是,陛下,我们过于粗心;而布林布鲁克又在我们过于自信之际,发展壮大,装备人马日益增强。

---

① 蝰蛇(adder):欧洲的一种小毒蛇。

② 参见《新约·路加福音》3:8:"我告诉你们,上帝能拿这些石头为亚伯拉罕造出子孙来!"19:40:"耶稣回答说:'我告诉你们,他们要是不作声,这些石头也会呼喊起来。'"

③ 此处用"Power"一词,意指上帝的超自然力量。

理查王　叫人泄气的弟弟啊！你不知道吗？当上天把洞悉一切的眼睛①藏在地球后面，把下面的世界照亮②，我们这儿的窃贼和强盗，便会趁着夜色谋杀行凶、犯下流血的暴行；但当它③从地球下面把东方松树挺拔的树梢点亮，将光线射入每一个罪恶的洞穴，这时候，谋杀、叛逆和一切可憎的罪恶，——随着黑夜的遮掩全被撕掉，——赤裸裸暴露在光天化日下，它们自己就会发抖④。因此，布林布鲁克，这个窃贼、这个叛逆者，便趁我在地球对面巡游之时，这阵子正在黑夜里狂欢，——等他一见我的王座在东方升起，就会被他的叛逆羞得面红耳赤，受不了天光大亮，只能在罪恶中自我惊吓、浑身战栗。狂暴的大海倾尽怒涛也冲不掉国王身上圣油的芳香⑤；凡夫俗子的指责废黜不了上帝选定的

---

① "洞悉一切的眼睛"：指普照四方的太阳。

② 旧时人们以为太阳照亮的地球一面是上面的世界，太阳西沉，是落入下面的世界，如此造成昼夜交替。

③ 即上天之眼，太阳。

④ 参见《旧约·约伯记》24：13—17："有些人抗拒亮光；/ 他们既不认识光，/ 也不跟从光的引导。/ 天未亮，杀人的就起来；/ 他们出去杀害穷人，/ 夜间又出去做贼。/ 奸夫盼望着黄昏到来；/ 他遮着面孔，不让人家看见他。/ 夜间，盗贼破门入室；/ 白昼，他们躲藏起来，不愿见光。/ 他们惧怕白昼的光明，/ 黑夜的恐怖他们倒很熟悉。"

⑤ 指国王加冕典礼时涂在身上的圣油，以此代表国王为上帝选定的尘间代表，神圣不可侵犯。

代表。布林布鲁克每强征一个入伍的士
兵，向我的金冠举起锋利的刀剑，上帝便
会赐一个荣耀的天使来报偿：

　　那便是，天使助战，凡人溃散；

　　因为上天始终保卫正义的一方。①

（索尔斯伯里上。）

欢迎，大人，你的部队离这儿还多远？

索尔斯伯里　仁慈的陛下，拿我这条羸弱胳膊的长度打
比方，不比它远，也没它近：悲伤引导我
的舌头，叫我除了绝望之言，无话可说。
高贵的主上，恐怕您晚来这一天，已把世
上的幸运日子全都笼上阴云：啊！若能叫
时间倒转，召回昨天，您就有了一万两千
名战士！

　　今天，今天！不幸迟到的一天，

　　把您的快乐、朋友、幸运、王权全推翻；

　　所有威尔士人一听到您的死讯，

　　都四散而逃，投奔布林布鲁克。

---

① 参见《旧约·诗篇》34:7:"上主的天使保护敬畏他的人，/ 救他们脱离危险。"
91:11:"上帝要差派天使看顾你，/ 在你行走的路上保护你。"《新约·马太福音》18:
10:"你们要小心，不可轻看任何一个微不足道的人。我告诉你们，在天上，他们的天
使常常侍立在我天父的面前。"26:53:"难道你不知道，我可以向天父求援，他会立刻
调来十二营多的天使吗？"

奥默尔	别灰心,陛下。您脸色为何如此苍白?
理查王	片刻之前,有两万士兵的热血 能使我一脸欣喜,现都已逃散; 既然这么多的血从我脸上流失, 我怎能不脸色苍白、面如死灰? 因时间已把我的荣耀沾上污点, 谁想保命,谁就逃离我的身边。
奥默尔	放宽心,陛下。别忘了您是谁。
理查王	我真把自己忘了:我不是国王吗?醒来,你这懒惰的陛下,你在呼呼大睡!难道国王的称号还抵不过两万①兵丁? 备战,备战,我的称号! 一个渺小的臣民在打击你伟大的荣耀。——你们,国王的亲信们,别老盯着地面:我们不都地位高贵吗?地位高,思想也得高。我知道,我叔叔约克兵强马壮,足以满足我们的需要。——谁来了?

(斯蒂芬·斯克鲁普爵士上。)

斯克鲁普	比起我舌头禀报的悲曲,愿更多安康降临陛下。
理查王	我耳朵开启,心也已准备好:你送达的消息,顶糟不过尘间的损失。说吧,是我的王国丢

---

① "第一对开本"此处为"四万"。

了？唉，我累心国事；没了这份心累，何来损失？布林布鲁克①拼命想和我一样伟大？他不可能比我更伟大；他若侍奉上帝，我也侍奉上帝，跟他一样，都是上帝的仆从：臣民们背叛了我？那我无力挽救；他们背叛我，也就背叛了对上帝的誓约：

> 让悲哀、破坏、毁灭、失败、衰退一齐哀号；
>
> 最坏不过一死，迟早有一天，死神终会降临。

斯克鲁普 　很高兴陛下对承受灾难的潮汐早有准备。像不合时令的暴风雨的一天，使银色的河水淹没两岸，仿佛世界都被融为泪水。布林布鲁克的愤怒汹涌得越过极限，用刚硬雪亮的刀剑和比刀剑更硬的心，漫过您惊恐的国土。老人们把头盔扣在单薄、光秃秃的脑袋上，反抗您的王权；嗓音还像女人的孩子们，用力粗着嗓门说话，用坚硬笨重的盔甲套住年轻的肢体，反抗您的王冠；连平日为您用念珠祷告之人，也学着把双重致命的紫杉木制

---

① 此处为双关，因布林布鲁克（Bullingbrook）的英文名内含"brook"（溪流）。

成的弓拉弯①,反抗您的王位;是的,那些成

天手拿纺线杆的女人们，也挥起生锈的矛

枪,反抗您的王座:

　　全国男女老少齐叛变，

　　情形比我说得更糟糕。

理查王　　　你把这么糟的情况,简直说得太好了,太好

了。威尔特希尔伯爵在哪儿?巴格特在哪儿?

布希怎样了? 格林在哪儿? 他们怎能让危险

的敌人踱着方步在我的领土上逍遥?等我获

胜,一定拿他们的人头抵罪。我确信,他们已

同布林布鲁克讲和。

斯克鲁普　　他们的确跟他讲和了,陛下。

理查王　　　啊,恶棍,毒蛇②,诅咒他们下地狱,不得救

赎! 一群狗东西,那么容易收买,随便向任何

人摇尾巴! 一窝毒蛇,我拿心血温暖他们,他

---

① 双重致命:传说紫杉木的叶子含有致命毒素,用紫杉木制成弓箭,则可杀人
致命。

② 参见《新约·马太福音》3∶7∶"约翰看见许多法利赛人和撒都该人也来要求受
洗,就对他们说∶'你们这些毒蛇! 上帝的审判快要到了,你们以为能逃避吗? '"12∶
34∶(耶稣说)"你们这些毒蛇! 你们原是邪恶的,怎能说出好话来? "23∶33∶(耶稣说)
"毒蛇和毒蛇的子孙呐,你们怎能逃脱地狱的刑罚呢? "

们却来刺我的心!三个犹大①,每个都比犹大坏三倍!他们真愿讲和吗?为这桩罪,叫可怕的地狱向他们沾染罪恶的灵魂开战②!

斯克鲁普　我眼见甜蜜的爱变了质,化为最尖酸、最歹毒的恨。——解除您对他们灵魂的诅咒吧,他们讲和,用的是脑袋,不是双手:您诅咒的那几个人

　　　　　落入了死神凶狠的毁灭之手,

　　　　　现已深埋在地下空心的墓里。

奥默尔　布希,格林,威尔特希尔伯爵,全死了?

斯克鲁普　是,他们都在布里斯托丢了脑袋。

奥默尔　我父亲约克公爵和他的军队在哪儿?

---

①《圣经》中出卖耶稣基督的门徒。参见《新约·马太福音》第 26 章、《约翰福音》第 18 章:加略人犹大为得到三十块银币,将耶稣出卖给祭司长。最后的晚餐时,耶稣对门徒说:"你们当中有一个人要出卖我。"犹大像其他门徒一样,问"老师,不是我吧?"耶稣说:"你自己说了。"耶稣拿出饼,掰开,分给门徒吃。犹大吃完就走了。当晚,耶稣来到客西马尼园祷告,犹大也来了,跟着他来了一大群带着刀棒的人。犹大亲吻耶稣,向那些人暗示这就是他们要抓的人。耶稣受审被定罪后,犹大感到后悔,把 30 块银币退还给祭司长和长老,他们回答犹大:"那是你自己的事,跟我们有什么关系?"犹大把钱丢在圣殿里,走出去,上吊自杀。

②参见《新约·希伯来书》9:14:"他(耶稣)的血要洁净我们的良心,除掉我们的腐败行为,使我们得以侍奉永生的上帝。"《彼得前书》1:19:"而是凭着基督所流宝贵的血,就像那无瑕疵无污点的羔羊的血。"《彼得后书》3:14:"既然你们等候着那日子,就应该在上帝面前竭力追求圣洁,过无可指责的生活,跟他(上帝)和好。"《以弗所书》5:27:"荣美、纯洁、没有瑕疵、没有任何污点或皱纹——好献给自己。"《雅各书》1:27:"在父上帝眼中,那纯洁无瑕的虔诚便是:照顾在苦难中的孤儿寡妇和保守自己不受世界的腐化。"《圣经》之意是:受污染的灵魂下地狱。

理查王　在哪儿都无所谓；——谁也别安慰我。让我们
谈谈坟墓、蛆虫，还有墓志铭；把尘埃做成纸，
用如雨的泪水在大地的胸怀书写悲伤；让我们
选好遗嘱执行人，谈谈遗嘱：大可不必——因
为除了把这废黜的躯体埋到土里，我还能留下
什么？我的国土，我的生命，我的一切，都是布
林布鲁克的，除了死亡和覆盖骸骨的不毛之地
上那一小抔泥土，没什么归我所有。看在上帝
分上，让我们坐在地上，说说国王们如何惨死
的故事：有些被废黜；有些死于战争；有些遭他
们废黜的幽灵缠住折腾死；有些被他们的妻子
毒死；还有些在睡梦中被杀；全是被谋杀的：
——因为死神把一顶空心王冠套在一个国王
头上，在里面设立宫廷，一个奇形怪状的小丑
坐在那儿，鄙夷他的王位，嘲笑他的威严；死神
给他喘口气的那么点时间，给他一个小场面，
让他扮演君王，令人生畏，拿脸色杀人，使他妄
自尊大，产生虚幻的想象，——好像这具生命
的肉身，是坚不可摧的铜墙①；死神就这样纵容
他，直到最后一刻，死神拿一枚小针把他的城

---

① 参见《旧约·约伯记》6：12："难道我的力量是石头的力量，我的肉身是铜
造的？"

堡围墙扎透，——再见啦，国王！你们把帽子戴上，不要以庄严的敬畏嘲弄一个血肉之躯[1]；丢掉恭敬、惯例、形式和礼仪，因为一直以来，你们全把我看错了：我跟你们一样，靠吃面包活着，也一样心有念想，品尝悲伤，需要朋友。凡此种种，你们怎能对我说，我是一个国王？

卡莱尔　陛下，智者决不为眼前的不幸哀号，而要立即阻断悲痛之源。恐惧压迫力量，害怕敌人就是把软弱交给强敌，您这个傻念头等于和自己作对。心里怕，必被杀；奋力一战，最坏也不过战死：

　　一战而死，毋宁以死亡征服死亡；

　　贪生怕死，则拿生命向死亡纳降。

奥默尔　我父亲有一支军队。派人打听一下，尽力把一条胳膊当整个身子用[2]。

理查王　你责骂得好：——骄狂的布林布鲁克，我来与你交战，看谁的命定之日降临。

　　这阵惊恐的寒战已消散，

----

[1] 参见《新约·马太福音》16:17:"因为这真理不是血肉之躯传授给你的，而是我天父启示的。"《哥林多前书》15:50:"血肉之躯不能承受上帝的国，那会朽坏的不能承受不朽坏的。"《以弗所书》6:12:"因为我们不是对抗血肉之躯，而是对天界的邪灵，就是这黑暗世代的执政者、掌权者，跟宇宙间邪恶的势力作战。"《希伯来书》2:14:"既然这些儿女都是血肉之躯，耶稣本身也同样有了人性。这样，由于他的死，他能毁灭那掌握死亡权势的魔鬼。"

[2] 奥默尔言下之意:看能否让数量不足的兵力发挥出强大的战斗力。

　　　　　　　赢回我的一切又有何难。——

　　　　　　　斯克鲁普,我叔叔和他的军队在哪儿?

　　　　　　　你愁容满面,但要把话说得悦耳中听。

斯克鲁普　　　人们以天象测风云变幻,①

　　　　　　　　一天的气候也捉摸不定;

　　　　　　　您从我呆滞阴沉的眼色,

　　　　　　　　可知我舌端的消息更沉重。

　　　　　　　我像拷问者在折磨您,把不得不说的最坏消

　　　　　　　息一点点抻长。您叔叔约克已和布林布鲁克

　　　　　　　合兵一处,您北方的所有城堡都向他投降,

　　　　　　　您南方所有武装起来的贵族也都归顺他了。

理查王　　　　你说得够多了。——(向奥默尔)我诅咒你,老

　　　　　　　弟,你把我从愉快的路途引向绝望! 现在你

　　　　　　　还有何话说? 我又拿什么自我安慰? 以上天

　　　　　　　起誓,谁再安慰我,我恨谁一辈子。

　　　　　　　　去弗林特城堡②:我要在那儿熬日子。

　　　　　　　一国之君,既为灾奴,便向灾难屈从。

　　　　　　　把我的军队解散,让士兵们各自回家

　　　　　　　耕田种地,庄稼生长总有收获的希望,

---

　　①参见《新约·马太福音》16:2—3:耶稣说:"傍晚,你们说:'明天是晴天,因为
天边有红霞。'早晨,你们说:'今天会有风雨,因为天色暗红。'"

　　②弗林特城堡(Flint Castle):位于威尔士东北部。

反正我已毫无希望：——谁也别劝我，

让我改变主意，一切劝告都只是徒劳。

奥默尔　　陛下，我还有一句话。——

理查王　　谁再摇唇鼓舌奉承我，

就是双倍伤害我。

把我的随从们遣散，让他们离开这里，

从理查的黑夜奔向布林布鲁克的白天。

（同下）

第三场

威尔士；弗林特城堡外。

(鼓声。喇叭奏花腔。布林布鲁克、约克、诺森伯兰，及侍从等上。)

布林布鲁克　　　从这个情报得知，威尔士人已散去，国王带着几个亲信刚在此登陆，索尔斯伯里已见过国王。

诺森伯兰　　　这真是好消息，大人：理查的藏身处就在附近。

约克　　　　　诺森伯兰勋爵该说"理查王"才对：——呜呼！令人心酸的日子，这么一个神圣的国王竟落得东躲西藏。

诺森伯兰　　　大人别误会，出于方便，我才省去了王号。

约克　　　　　曾几何时，你若这么出于方便，省去国王的名号，他也会出于方便，把你脑袋从整个身子上省去。

布林布鲁克　　您误会了，叔叔，误会过头儿了。

约克	好侄儿，你也别太过分，以免忘掉：我们头上还有上天。
布林布鲁克	我明白，叔叔；天意不可违。——谁来了？

（亨利·珀西上。）

	哈里，欢迎。怎么，这座城堡不愿投降？
珀西	城堡里住着王室成员，大人，拒绝您入内。
布林布鲁克	王室成员？怎么，国王在里面？
珀西	是，高贵的大人，里面确实有一位国王：理查王就住在那边的石墙建筑里；奥默尔大人、索尔斯伯里大人、斯蒂芬·斯克鲁普爵士跟他在一起；还有一位神圣得令人敬畏的牧师，没打听出是谁。
诺森伯兰	哦，八成是卡莱尔主教。
布林布鲁克	（向诺森伯兰）高贵的大人，到那古堡凹凸不平的墙下，用黄铜军号，把谈判的气息吹进残破的墙洞。这样宣布：亨利·布林布鲁克愿双膝跪地，亲吻理查王的手，向他最尊贵的国王表达忠诚和虔敬之心；只要他撤销我的放逐令，无偿归还我的土地，我情愿跪在他脚下，放下武器，解散军队；否则，我将以武力的优势，用从被杀英国人的伤口里喷涌的血雨，荡平夏日的尘埃。对此，我虔诚一跪足以表明，布林布鲁克

绝无此心,要用猩红的瓢泼血雨浇透理查
王翠绿的沃土。去吧,照此宣布,同时,部
队在这绿茵茵的原野上行进。(诺森伯兰手持
军号去到城堡前)行进时不用敲响吓人的战
鼓,正好让他们从这破旧的堞墙看清我们
装备精良。我觉得,我与理查王今日一见,
其可怕绝不亚于暴雨雷电交加①,发出一
声霹雳,便把苍天阴云密布的双颊撕裂。
让他做雷霆电火,我甘当顺从的雨水②:在
他暴虐之际,我把雨水注入大地;我的雨
水,——落在地里,不落在他头上。前进,
留心观察理查王的脸色。

(谈判的号声响起。内有军号回应。随后喇叭奏花腔。理查王、卡莱尔、奥默
尔、斯克鲁普、索尔斯伯里,登上城堡堞墙。)

布林布鲁克　　看,看,理查王亲自露面了,当他察觉敌意
　　　　　　　的阴云要遮蔽他的荣耀,使他西行的敞亮
　　　　　　　之路黯淡无光,便像满脸怒容的太阳,在
　　　　　　　东方火红的大门出现。

约克　　　　　可他还是一副国王的貌相:瞧他雄鹰一样
　　　　　　　明亮的眼睛,射出令人折服的威严:——

---

① 直译为:绝不亚于水火两种元素的碰撞。
② 在此"雨水"(rain)和"统治"(reign)谐音,或具双关意。

哎呀，哎呀，多令人心酸，

竟有祸端污损这俊逸容颜！

理查王　　（向诺森伯兰）我很惊讶，我是你合法的君王，我站这儿等了那么久，也没见你心怀敬畏向我屈膝行礼：我若是国王，你怎敢忘了在我面前满怀敬畏屈膝致敬？我若不是国王，那就拿出上帝废黜我王权的凭据。我很清楚，除了犯罪、窃取或篡夺，任何血肉之手都休想握紧这神圣的权杖。尽管你以为，所有人都跟你一样坏了灵魂背叛我，觉得我落得孤家寡人、众叛亲离①，但你要明白，我的主人、全能的上帝，正端坐云头为我征召一支瘟疫之军：你们胆敢举起不臣之手，威胁我头上宝冠的荣耀，瘟疫必将毁了你们的后世子孙。告诉布林布鲁克，我知道他在那边，——他在我国土上踏出的每一步，都是恶毒的叛逆。他这次来，要以流血的战争打开血腥的遗产；然而在他还没把觊觎的王冠戴稳之前，成千上万个母亲的儿子，他们血淋淋的人头将把英格兰花一样的容颜损毁，把她处子般安详的面色变得猩红愠怒，让忠诚的英国人

---

① 参见《旧约·约伯记》18:4："你的愤怒害了你自己；/难道大地会因你的愤怒而荒凉吗？/难道上帝要移动群山来满足你吗？"

血溅牧人①的草场。

诺森伯兰	天上的王②决不允许陛下如此遭受内战和野蛮武器的猛攻！您十分高贵的堂弟亨利·布林布鲁克,确实想谦恭地吻您的手,他愿以安葬您先王③骸骨的荣耀的坟墓, 愿以与您同宗的王室血统,——那从最仁慈的源头流下来的血脉,——愿以埋葬的冈特神勇之手,愿以他本人的品德和荣耀,愿以一切可用来起誓的东西, 发誓:——他此次前来别无他意,只为得到世袭的王室特权,并跪求立即结束流放恢复自由:一经陛下允准,他就会任由闪亮的武器去生锈,把披好护甲的战马关回马厩,真心效忠陛下。身为王子,他的誓言说话算数:作为一个贵族,我相信他。
理查王	诺森伯兰,就说国王这样回复:对他高贵的弟弟前来深表欢迎; 对他所提一切合理要求无条件执行:用你所有谦恭的话语,代我向他高贵的耳畔传达亲切问候。(诺森伯兰回归布林布鲁克一方)——(向奥默尔)老弟,我低声

---

① 牧人:原文 pastor, i.e. shepherd,代指理查王为英格兰的牧羊人或精神守护者。
② 天上的王:即上帝。
③ 指安葬在威斯敏斯特教堂(西敏寺)内的爱德华三世的墓。

下气,说得如此谦卑,是不是有失身份?要不我叫诺森伯兰回来,向这个叛徒发出挑战,一决生死?

奥默尔　不,仁慈的陛下,让谦恭的话语去作战,等时间赢得朋友,朋友以刀剑出手相助。

理查王　上帝啊,上帝啊!当初我曾亲口对那个傲慢之人发出可怕的放逐令,而今又用安抚的话把它撕掉!啊,愿我像我的悲痛一样伟大,或干脆让我比国王的尊号更渺小!要么让我忘掉过去,要么别叫我记住现在!骄傲的心,你憋得发胀吗?既然仇敌用贴心的话语击打你我,那我也给你跳动①的自由②!

奥默尔　诺森伯兰从布林布鲁克那儿回来了。

理查王　国王现在该做什么?要他投降吗?国王只能屈从。非要废了他?国王同意退位。他必须丢掉国王的尊号?啊,以上帝的名义,随它去吧!我愿拿珠宝去换一串念珠;拿辉煌的宫殿去换一处隐居之所;拿华美的穿戴去换一身受救济者的衣衫;拿雕花的酒杯去换一个木盘;拿权杖去

---

① 此处"击打"(beat)和"跳动"(beat)是同一个词。

② 有注本的舞台提示,示意理查王在说完这句话后,解开衣襟,让憋闷的心透透气,以便跳动得更自由。

换朝圣者的一根手杖；拿臣民去换一对圣徒
的雕像；拿巨大的王国去换一座小小的坟茔，一座特小、特小的坟茔，一座无人知晓的
坟茔；——不然，就把我埋在公路或哪条商
贸干道下面，叫臣民的脚随时踩在君王的头
上：因为当我活在世上，他们践踏我的心；一
旦下葬，怎能不踩我脑袋？——奥默尔，你
哭了，——我心地善良的弟弟！——我们能
用遭人鄙夷的眼泪把天气变糟，我们的叹息
加上泪水，必将毁掉夏天的谷物，给这叛变
的国土制造一场饥荒。再不然，我们玩一回
比赛流泪的游戏，以苦取乐？像这样；——眼
泪老往一个地儿掉，直到在土里侵蚀出一对
儿墓穴；咱俩就埋在里面，——

　　碑文写："这里躺着两兄弟，

　　他俩用泪水为自己挖墓穴。"

　　这痛苦不赖吧？——哦，哦，我知道，

　　我只是随便闲扯，你就会发出嘲笑。——
最显赫的公爵，诺森伯兰大人，布林布鲁克
国王怎么说？国王陛下是否允准

　　给理查留条活路，一直活到理查死去？

　　你只要鞠个躬，布林布鲁克必会允准。

诺森伯兰　　陛下，他在下面庭院里等着跟您说话；——

请您下来可好?

理查王　　　　下来,我这就下来,好像金闪闪的法厄同①,想用驽马②驾天车。

　　　　　　　下面庭院里? 国王一步步下到庭院,去听叛徒们召唤,还要给他们荣耀。

　　　　　　　下面庭院? 下去? 下到庭院! 国王下去! ③

　　　　　　　因在冲天云雀鸣唱的地方,夜枭在尖叫(理查王等从上面下来)。

布林布鲁克　　陛下怎么说?

诺森伯兰　　　满心的酸楚悲伤叫他蠢话连篇,活像个疯子,但他还是来了。

(理查王及侍从等上。)

布林布鲁克　　全部站开,向陛下行礼。——(跪下)仁慈的陛下。

---

① 法厄同(Phaethon):希腊神话中太阳神阿波罗(Apollo)之子,因驾驭不了父亲的太阳车,给大地造成灾难,被主神宙斯(Zeus)用雷电劈死。另有一说,认为法厄同乃太阳神赫利俄斯(Helios)与克吕墨涅(Clymene)的私生子。克吕墨涅是海洋女神之一,俄刻阿诺斯(Oceanus)与泰西斯(Tethys)的女儿。希腊语中"法厄同"意为"熊熊燃烧"。但在阿波罗被尊成太阳神崇拜后,后期神话中,一些诗人便把他误以为阿波罗之子。换言之,阿波罗在希腊神话中是光明之神,法厄同不是阿波罗之子,而是赫利俄斯之子。

② 驽马:即不值钱的马。在此比喻法厄同根本不配驾驭阿波罗的太阳车。

③ 庭院(court)与宫廷(court)是一个词,在此意指下到"庭院",意味着"宫廷"倒了。

理查王	好兄弟,你屈尊下跪,令吻你膝头的卑微泥土引以为傲:我宁可在心里感受你的爱,也不愿用失意的眼神看你向我鞠躬行礼。
	起来,兄弟,起来! 尽管你膝盖跪得低,但我深知你心高,恐怕少说也有这么高(手指王冠)。
布林布鲁克	仁慈的陛下,我此来只为我分内所得。
理查王	你分内的是你的,我也是你的,一切都是。
布林布鲁克	最令人尊崇的陛下, 到目前我之所得,是因我的效忠理应得到您的恩宠。
理查王	你理应得到:——凡懂得用最强力、最牢靠手段获取所需的人,都理应得到。(布林布鲁克起身)——(向约克)
	叔叔,握个手:不,把眼泪擦干;
	眼泪表示敬爱之意,却已无力补救。——
	(向布林布鲁克)
	弟弟,我太年轻,做不了你父亲,
	你虽年岁不小,却够当我的继承人。
	你想要什么,我都给,心甘情愿;
	一旦面对强力所逼,不给也不行。
	该向伦敦进发。弟弟,是这样吧?
布林布鲁克	是的,仁慈的陛下。
理查王	那我也不能吐半个"不"。(喇叭奏花腔。同下。)

第四场

兰利;约克公爵府中花园。

(王后及两侍女上。)

王后　　在这花园里,我们玩点儿什么游戏,来把悲愁
　　　　赶走?

侍女甲　夫人,咱们玩儿滚木球。

王后　　这会儿叫我想到世间充满障碍①,我的命运逆
　　　　着重心的方向,偏离轨道②。

侍女甲　夫人,那咱们跳舞。

王后　　我可怜的心里有无尽悲伤,双腿跳不出欢快的
　　　　舞步:所以,别跳了,姑娘,玩儿点别的吧。

侍女甲　夫人,咱们讲故事。

---

① 障碍(rubs):滚木球游戏的术语,指挡在球路上使球不能顺利通过的障碍。

② 木球戏术语,为使木球顺利避开障碍,在木球一侧填充重物,以使木球侧向曲线滚动。王后借此比喻自己的命运,并不像那实心球一样,按事先想好的轨道运行,而是逆着重心,偏离轨道。

王后	悲伤的,还是喜庆的?
侍女甲	随便哪个。
王后	哪个都不讲,姑娘:若讲喜庆的,我一点儿快乐也没有,倒会勾起我更多悲伤;若再讲悲伤的,眼前已满是悲伤,反会弄得开心不成愁更愁:因为我有的,不用重复;所缺的,抱怨也没用。
侍女甲	夫人,我唱歌吧。
王后	想唱就唱,但你若哭出来,我会更高兴。
侍女甲	只要叫您心里好受,夫人,我可以哭。
王后	假如哭对我有好处,也用不着借你的眼泪,我早就唱了。——

(一园丁及二仆人上。)

王后	等一下,园丁们来了:咱们躲到树荫里。我敢拿我的痛苦跟一排针①打赌,他们准会谈论国事。
	时局将变,人人关切:
	灾难在给灾难做向导(王后及侍女等下)。
园丁	你去那边,把垂下来的杏树枝捆好,那些枝子,活像没规矩的孩子,分量太重,把他们老爸的腰都压弯了:把弯了的小枝撑起来。——你去,像个刽子手似的,把长得太快的嫩枝一律

---

　　① 一排针(a row of pins):指无足轻重的东西。此语表明,王后已料到之后的事态。

砍头,在咱们这地界,这些枝子高得扎眼:既归我们管,都得一般齐。——你们干这个,我去拔杂草,这些有害的野草,把土壤里硬朗朗的花儿需要的好肥料都吸没了。

仆人甲　咱们干什么要在栅栏里这么大地方保持法律、秩序和适度的匀称,好像非得给咱稳固的王国弄出一个小模型来?眼下,咱这以海为墙的花园,一整个国土,长满野草,她最美的花儿都憋死了,果树没人修剪,树篱毁了,花坛乱七八糟,对身体有好处的药草上挤满了毛毛虫。

园丁　别说啦:——那个人干瞅着这杂乱的春天放手不管,现在自己也到了深秋;在他宽大叶子下遮阴的那些杂草,看似扶着他,实则侵蚀他,如今全被布林布鲁克连根拔起,——我说的是威尔特希尔、布希和格林。

仆人甲　怎么,他们都死了?

园丁　死了,而且布林布鲁克把那个败家国王拘起来了。——啊!怪可怜的,他没像我们修整花园似的治理国家:每年,咱们都在适当的时候,把果树表皮划伤,免得树干里汁血过多,营养太丰富,反让它受损;他若对那些越来越有权的大人物也这样做,他们八成会结出效忠的果子供他品尝。咱们砍掉多余的树枝,好让结果子的树枝生长：

> 他若这样做，王冠仍在手，
>
> 浪荡败家子，王冠弄没喽。

仆人甲　怎么，你认为会把国王废了？

园丁　瞅他低声下气的样子，估计得废喽：约克公爵
　　　有位好友昨晚收到几封信，信里都是坏消息。

王后　啊！再不开口就会把我压得憋闷死①（与二侍女上
　　　前）——你，老亚当的化身②，怎敢不修饰园子，
　　　竟在这儿粗舌烂嘴胡说恼人的消息？是哪个夏
　　　娃、哪条蛇诱惑了你，叫你制造受诅咒的人类
　　　的第二次堕落③？你凭什么说理查王被废？你，
　　　这比泥巴好不了多少的贱东西④，竟敢预言他
　　　垮台？说，你在哪儿、什么时间、如何得知的这
　　　个坏消息？说呀，你这贱货。

园丁　宽恕我，夫人。说出这些消息我也不开心，可我

---

①古英格兰一种酷刑，为使犯人开口认罪，以重物压犯人胸口。若拒不认罪，犯人会因不堪重压，憋闷而死。

②亚当(Adam)：《圣经》中上帝造的第一个人，负责管理伊甸园，故有"老亚当的化身"这一称谓。

③《圣经》中，亚当的妻子夏娃因受蛇(魔鬼撒旦)的诱惑，偷吃了智慧之树的果实，夏娃又叫亚当吃，遂知羞耻、辨善恶，有了人类第一次堕落，并遭上帝逐出伊甸园。参见《旧约·创世记》2：13—17。

④参见《旧约·创世记》3：19："直到你死了，归于尘土；因为你是用尘土造的，你要还原归于尘土。"《新约·哥林多前书》15：47："头一个亚当是由地上的尘土造成的。"

说的都是真的。理查王,已在强大的布林布鲁克掌控之中。把他俩命运放天平上称一称①:您夫君这边不算他自己,啥也没有,那几个轻浮的亲信,只能使他分量更轻;但在强势的布林布鲁克这边,除了他自己,还有所有的英国贵族,凭借这个优势,他的分量就把理查王压倒了。

快去伦敦,到那儿便知确实如此,

我所说的这事实,早已众人皆知。

王后　　敏捷的祸端,你的脚步如此轻盈,为何这该给我的消息反让我最后一个知晓? 啊! 你让我最后得知,或是为让我把悲伤长留心房。——

走吧,姑娘们,咱们快去,

到伦敦和苦难的国王相聚。——

怎么,莫非我生来只为以愁容

为强大的布林布鲁克的凯旋点缀?

园丁,因为你把这悲痛消息相告,

祈祷上帝让你嫁接的果树不再长(王后及侍

女等下)。

园丁　　可怜的王后!

---

① 参见《旧约·诗篇》62:9:"贫贱之人不过像一口气息;/ 富贵之人也都是虚幻。/ 把他们放在天平上毫无价值;/ 比一口气息还要轻。"《但以理书》5:27:"'称一称',意思是:你被放在称上称了,称出你分量不够。"

若能使您的处境不变得更糟，

情愿我的手艺遭受您的诅咒。

她在这儿流下一滴泪，就这地方，

我要种一丛芸香，苦味儿的药草：

芸香，悔恨之草，不久就可一见，①

就算给一位哭泣的王后留作纪念。(同下)

---

① 芸香(rub)：一种带苦味儿的药草，象征悲哀和悔恨。在此象征王后的内心充满悲哀与悔恨。

第四幕

第一场

伦敦；威斯敏斯特宫大厅①。

(布林布鲁克、奥默尔、诺森伯兰、菲兹华特、萨里、卡莱尔主教、威斯敏斯特
修道院院长及议会议员和传令官上。)

布林布鲁克	传巴格特。(巴格特被带上)——现在，巴格特，有话尽管讲，把你知道的都说出来，尊贵的格罗斯特怎么死的，是谁操纵国王犯下这一血案，又是谁下毒手送了他的命？
巴格特	那请奥默尔大人跟我对质。
布林布鲁克	(向奥默尔)兄弟，站出来，和他对质。
巴格特	奥默尔大人，我知道您勇敢的舌头不屑于把送出去的话缩回来。在谋害格罗斯特把他弄死那一刻，我亲耳听你说："我这条胳

---

① 威斯敏斯特宫大厅(Westminster Hall)：理查二世于 1397 年开建，1399 年完工，在此召集的第一次议会却是为了将他废黜。

　　　　　　膊既能从安宁的英国宫廷伸长到加来①，
　　　　　　还够不着我叔叔的脑袋吗？"当时你还说
　　　　　　了好多别的话，我听你说，你宁可不要十
　　　　　　万金币②，也不愿布林布鲁克回到英格兰，
　　　　　　随后又加一句，您这位堂兄若是死了，英
　　　　　　格兰将得到多大祝福③！

奥默尔　　　诸位亲王和高贵的大人，我该怎么回答这
　　　　　　个贱人呢？我能屈尊低就，以平等身份惩
　　　　　　治他吗？我必须这样做，否则他那诽谤的
　　　　　　双唇就用无耻的诋毁玷污了我的荣誉。
　　　　　　（扔下手套④）——这是我挑战的凭证，也是
　　　　　　我在你死刑执行令上亲手盖的印，凭这个
　　　　　　送你下地狱。我说，你撒谎，我要用你的心
　　　　　　头血证明你说了假话，哪怕你的血如此下
　　　　　　贱，根本不配玷污我的骑士宝剑。

布林布鲁克　巴格特，忍住，别捡他的手套。

奥默尔　　　除了一位⑤，我真愿如此激怒我的那个人，
　　　　　　在眼前所有人里地位最高。

---

①加来（Calais）：法国北部港口城市。
②金币（crowns）：旧时上面铸刻王冠（crown）的钱币，也可音译成"克朗"，每枚金币面值五先令。
③指得到上帝的祝福。
④中世纪时骑士扔下手套或帽子之类作为挑战的凭证。
⑤"除了一位"：即除了布林布鲁克一位。奥默尔以此表示对布林布鲁克的尊重。

菲兹华特	(向奥默尔)奥默尔,你若非坚持身份对等才交手,这是我的凭证(扔下手套),我来应战:我看见你站在太阳底下,就以那轮耀眼的太阳起誓,我听见你说了,说的时候还特得意,你说高贵的格罗斯特是经你手弄死的。就算你否认二十遍,还是在说谎;你的心捏造了谎言,我要用我的剑尖,把谎言送回你的心底。
奥默尔	懦夫,你没胆量活到那一天。
菲兹华特	现在,我以灵魂起誓,愿那一天就在此刻。
奥默尔	菲兹华特,冲这句话,你注定被诅咒下地狱。
珀西	奥默尔,你说谎。他这一指控像他的荣誉一样牢靠,而你没一句实话。既然如此,我把手套扔这儿(扔下手套),为证明你不说实话,我愿打到最后一口气:你若有胆量,就捡起来。
奥默尔	我若不捡,让我双手烂掉(捡手套),再不能向仇敌闪亮的头盔挥舞复仇的刀剑!
一贵族	背弃誓言的奥默尔,我也让这块地儿承载我的凭证①。从日出到日落,我要在你奸诈的耳边扯着嗓子大叫:你撒谎! 这是我荣誉的担保(扔下手套);有胆量就捡起来,与我决斗。
奥默尔	还有谁挑战? 以上天起誓,我全部应战:在我

---

① 意思是:我也把向你挑战的手套扔在这儿。或:我也让这地方做我的决斗场。

心间有一千个灵魂,像你们这样的,两万人我也能对付。

萨里　菲兹华特大人，那时候您跟奥默尔谈的什么，我记得很清楚。

菲兹华特　一点不错，大人。您当时在场；那您可以跟我一起做证，这是真的。

萨里　以上天起誓，像天是真的假不了一样，这是假的。

菲兹华特　萨里，你说谎。

萨里　可耻的奴才！你的谎言落在我的剑上，分量如此沉重，它①一定要还击复仇，直到你这个撒谎者连同你的谎言一起躺在地下，像你父亲的骷髅一样安静。为证明这一点，这是我的担保(扔下手套)，若有胆量，就接受挑战。

菲兹华特　你竟然用马刺踢烈马②，多蠢呐！既然我敢吃、敢喝、敢呼吸、敢活着，我就敢在荒野③中见萨里，啐他一脸唾沫，说他撒谎、撒谎、撒谎(扔下手套)。这是我誓约的担保，我要狠狠惩治你。——我既然打算在这新天下④里顺

①它:指上面落了谎言的剑。
②民谚:不要用马刺踢烈马(Do not spur a forward horse.)。
③指遥远的不毛之地,交手决斗时无人相帮。
④新天下:指布林布鲁克当上国王之后的天下。

> 风顺水，就得如实指控奥默尔所犯罪行：
> 而且我还听遭放逐的诺福克说，你，奥默
> 尔，派手下两个人去加来，把高贵的公爵
> 弄死了。

奥默尔　　哪位诚实的基督徒借我一只手套①（借一手套,扔下），诺福克说谎，这是我的担保，若他能被召回，就叫他为荣誉决斗吧。

布林布鲁克　先把这些争执都搁下，等召回诺福克决斗的时候再说：他是我的敌人，但我要召他回来，把属于他的土地、财产都还给他。等他一回来，我就要他和奥默尔决斗。

卡莱尔　　那荣耀的一天②永远见不到了。多少次，遭放逐的诺福克在光荣的基督徒的征战中为耶稣基督而战，在飘扬的基督教十字旗下③抗击邪恶的异教徒、土耳其人和萨拉森人④；几经战火，精力耗尽，撤到意大利；最后把骸骨埋在威尼斯这块怡人的国土

---

　　①在霍林斯赫德《编年史》里，此处为向旁边站立者借一头巾掷于地上，作为决斗的凭证。

　　②那个荣耀的日子：指诺福克与奥默尔决斗的日子。

　　③参见《新约·提摩太后书》2:3—4："作为基督耶稣的忠勇战士，你要分担苦难。"

　　④萨拉森人(Saracen)：中古时代对阿拉伯人的称呼。

	上,把纯洁的灵魂交给他的统领基督——
	他曾在基督的战旗下长久征战。
布林布鲁克	怎么,主教,诺福克死了?
卡莱尔	一点也没错,大人。
布林布鲁克	愿甜美的和平把他甜美的灵魂引向仁慈的老亚伯拉罕的胸怀①!——诸位提出指控的大人们,把你们的挑战全搁下,等我定下决斗的日子再说。

(约克公爵偕侍从等上。)

约克	伟大的兰开斯特公爵,我从被拔掉羽毛②的理查那儿来。他情愿由您做继承人,把他至尊的权杖交给您高贵的手来执掌。您已是继承人,登上王座吧,亨利万岁,亨利四世万岁!
布林布鲁克	以上帝的名义,我登上国王的宝座。
卡莱尔	以圣母玛利亚起誓,上帝不准!——在诸位王公大臣面前,我最没资格说什么,却又最适合道出实情。愿上帝能从这贵族显耀中选出一个人来,高贵到足以为高贵的理查主持公道!那么真正的高贵不会教他

---

① 仁慈的老亚伯拉罕的胸怀:指天国。参见《新约·路加福音》16:22:"后来这穷人死了,天使把他带到亚伯拉罕的胸怀,在天上享受盛宴。"

② 拔掉羽毛:指因被剥夺了荣光而变得谦卑。

犯下如此龌龊的过错。哪个臣民能给国王定罪？在座的谁不是理查的臣民？对罪恶昭彰的盗贼尚不能缺席审判；何况对上帝威严的象征，他的统帅、他的管家、他选定的代理人，涂过圣油、加过冕、掌权多年的一国之君？他本人不在场，难道要受臣民和属下的审判？啊，上帝，要阻止一个基督教国家里的高雅灵魂干出这样可耻、邪恶的不祥之事！我之所以凭臣民之身向诸位臣民进言，是被上帝鼓起激情，要为国王说句公道话！这位骄傲的、刚被你们尊为国王的赫福德大人，是一个邪恶的叛徒，你们若给他加冕，我可以预言，——英国人的血将作为肥料浇灌这片国土，后世子孙将因他的邪恶罪行而呻吟；和平将与土耳其人和异教徒同床共枕，这片和平之所将发生战乱，同胞相杀，手足相残；骚乱、恐怖、畏惧、叛变，将在此栖居，这片国土将化为尸骨遍布的各各他(骷髅地)①。啊，如果你们挑起这一家族和另一家族的内乱，必将造成这块诅咒降临的土地最凄惨的

---

① 各各他(Golgotha)：是耶稣被钉十字架的地方，也称作骷髅地。参见《新约·马太福音》27:33："他们来到一个地方，叫各各他，意思就是'骷髅地'。"《马可福音》15:22："他们把耶稣带到一个地方，叫各各他，意思就是'骷髅地'。"《约翰福音》19:17："耶稣出来，背着自己的十字架，到了'骷髅地'(希伯来话叫各各他)。"

分裂①。

　　　　　阻止它,抵制它,不要叫它发生,

　　　　　以免后世子孙对你们哀号"凄惨"!

诺森伯兰　　你说得句句在理,先生。为答谢你的口舌
之劳,现以叛逆罪逮捕你。——威斯敏斯
特院长,你负责把他看管好,直到审判那
天。——诸位大人,请同意平民院的请求②。

布林布鲁克　把理查带这儿来,叫他当众宣布退位,免
得有人起疑心。

约克　　　　我去把他护送来。(下)

布林布鲁克　在这儿被捕的诸位大人,先取保释放,择
日再审。——(向卡莱尔)我们既不领你情,
也没指望得到你的支持。

---

① 参见《新约·马太福音》12:25:(耶稣说)"任何国家自相纷争,就必然衰败;一
城一家自相纷争,也必然破碎。"《马可福音》3:25:"一个家庭自相纷争,那家庭也必
然破碎。"《路加福音》11:17:(耶稣说)"任何国家自相纷争,必然衰败;一个家庭自相
纷争,也必然破碎。"

② 据霍林斯赫德《编年史》载:亨利四世加冕后不久,1399 年 10 月 22 日,平民
院要求以危害国家罪正式审判理查二世。卡莱尔主教表示反对,不料,他的话竟一语
成谶,亨利四世的掌权随即揭开兰开斯特和约克两个王室家族之间长达三十年的内
战,史称"三十年战争"。因兰开斯特家族徽章有红玫瑰标志,约克家族徽章上的标志
是白玫瑰,这场内战亦称"红白玫瑰战争"或"玫瑰战争"。历史上,理查二世本人并未
出席议会,并宣布退位。因当时伊丽莎白一世女王对让其退位的传言十分敏感,虽然
舞台上照演不误,但 1597—1598 年间的三个"四开本"均未收入原戏文第一百五十
四至三百一十八行的"废黜场景"(deposition scene),直到女王死后五年(1608)的第
四四开本,才收录此景。

（理查王与约克及手捧王冠、权杖的官员等上。）

理查王　　呜呼，为何我的君王意念尚存，却被召来见一
　　　　　位国王？我还没学会怎么巴结、谄媚、弯腰、屈
　　　　　膝；愿悲哀给我点时间，教我如何这样屈尊。可
　　　　　我清晰记得这些人的面孔：他们不是我的臣民
　　　　　吗？他们以前不是朝我喊"万岁"的吗？犹大也
　　　　　对耶稣这样喊过，但耶稣发现，十二门徒中除
　　　　　了这个人，都是忠实的①；而对我，一万两千人
　　　　　里竟没一个忠臣②。上帝保佑国王！——没人
　　　　　回应"阿门"吗？难道让我身兼牧师、执事③？那
　　　　　好，阿门。

　　　　　　　上帝保佑国王！尽管我不是国王，

　　　　　　　若上天把他认作我，我还喊阿门。——

　　　　　召我来此，所为何事？

约克　　　做一件你情愿之事，一件厌倦王位的国王愿意
　　　　　　做的事：——放弃你的王位、王冠，交给布

---

　　① 犹大出卖耶稣基督，参见《新约·马太福音》。

　　② 参见《旧约·传道书》7：28："在千名男子中，我可以找到一个可敬佩的，但在
女子中，一个也找不到。"《新约·约翰福音》13：10—11："耶稣说：'洗过澡的人全身都
干净了，只需要洗脚。你们是干净的，但不是每人都干净。'"13：18："我这话不是对你
们全体说的。"

　　③ 牧师期待完毕，教会执事会例行喊一句"阿门"。参见《旧约·申命记》27：11—
26：利未人对以色列人可能犯的罪，下了十二道诅咒，每一次诅咒后，以色列百姓要
回应"阿门！"《诗篇》106：48："愿上主——以色列的上帝得到称颂，/ 从亘古直到永
远！/ 愿万民同声说：阿门！"

林布鲁克。

理查王	把王冠给我（取过王冠，交给布林布鲁克）。——这儿，弟弟，王冠归你了：拿着，弟弟，这边是我的手，那边是你的手。现在，这顶金冠像一口深井，井里两个水桶，一上一下在打水，总有一个空桶半空摇晃，另一个下沉，没人看见下沉的桶里装满了水：

那只下沉的桶，是盈满泪的我，

正啜饮悲痛；你却已升到高处。

布林布鲁克	我以为你甘愿放弃王位。
理查王	王冠送你；只把悲痛留给自己。

你，可以废黜我的荣耀与威严，

废不掉悲痛，我仍是悲痛之王。

布林布鲁克	随同王冠，你给了我不少烦恼。
理查王	你添的烦恼并未扯掉我的烦恼。

我的烦恼皆因未尽到君王之责；

你的烦恼在于赢得了新的王权。

虽说烦恼已给你，可我仍烦恼；

烦恼与王冠相随，却还把我扰。

布林布鲁克	你甘愿放弃王冠吗？
理查王	亦愿，又不愿；我既一无所有，

不能说"不愿"；因王位已归你。

现在，听好，我将如何把自己化为乌有：——

我把这重物从头上取下(布林布鲁克接受王冠)，把这笨重的权杖从手里交出(布林布鲁克接受权杖)，把君王的骄傲从心底除掉；用自己的泪水冲走我的圣油，用自己的双手交出我的王冠，用自己的舌头否认我神圣的王座，用自己的话语豁免所有臣民向我发下的誓言：我摈弃一切盛典仪仗和君王的尊严；我的领地、租金、税收，全都放弃；我的法令、律令、条令，一律废止：

> 愿上帝宽恕所有对我背誓之人！
>
> 愿上帝护佑一切对你发誓之人！①
>
> 我已一无所有，愿我不再伤悲，
>
> 你已得到王位，愿你称心如意！
>
> 真愿你能长久占据理查的王座，
>
> 早日叫理查在一个深坑里躺卧！
>
> 退位的理查说："上帝保佑亨利王"，
>
> "祝愿他年年岁岁，阳光普照！"——

还有别的事吗？

诺森伯兰   没了(递过一纸文书)，但你得读一下这份指控，你本人和你的追随者所犯背叛国家、谋取利益的严重罪行都在上面；只有你承认了，国人

---

① 你：即上帝本人。

才会从心底认为,你理应被废。

理查王　　　非这样吗? 我非得亲自把编织好的罪恶解开
　　　　　　吗? 仁慈的诺森伯兰,若把你的罪过都记下
　　　　　　来, 叫你当着一群如此高贵的听众读一遍,
　　　　　　你不觉得丢脸吗? 若你愿意读,你会从中发
　　　　　　现一项十恶不赦的罪状,——包括废黜国
　　　　　　王, 违背誓约的强力保证,——天堂名册给
　　　　　　谁标上这个污点,谁就会受诅咒下地狱。——
　　　　　　不,所有你们这些驻足旁观之人,当我遭受不
　　　　　　幸的折磨,——即使你们中有人像彼拉多①
　　　　　　一样想以洗手表露怜悯,但我终归被你们这
　　　　　　些彼拉多送上痛苦的十字架,水洗不掉你们
　　　　　　的罪孽②。

诺森伯兰　　主上,快点,宣读这份指控状。

理查王　　　两眼满是泪,字迹看不见。但咸涩的泪水不
　　　　　　足以让我眼瞎, 我还能看见这儿有一群叛
　　　　　　徒,不,若反观自己,我会发现我和其他人一

---

　　① 彼拉多(Pilates):罗马帝国派驻犹太(Judaea)行省的总督,在耶稣被不满的群众带走钉十字架之前,为逃避良心的谴责,当众以水洗手,显示自己的清白。参见《新约·马太福音》27:24:“彼拉多看那情形,知道再说也没有用,反而可能激起暴动,就拿水在群众面前洗手,说:‘流这个人的血,罪不在我,你们自己承担吧。’”

　　② 关于以水洗去罪孽,亦可参见《新约·使徒行传》22:16:“你还耽搁什么呢? 起来,呼求他的名,领受洗礼,好洁净你的罪! ”

样是叛徒,因为我在这儿情愿剥去一个国
王身上的辉煌;把荣耀变成卑贱,把君主
变成一个奴隶,把骄傲的至尊变成一个臣
民,把威严变成一个村夫。

诺森伯兰　　主上,——

理查王　　　你这傲慢无礼的家伙,我不是你的主上,
谁的主上也不是;——我既无名,又无衔;
——没有,连洗礼时领受的名字也没有,
——被夺走了①:—— 呜呼,痛心的一天,
我熬过多少个冬日,眼下却不知该怎么称
呼自己!啊,但愿我是一个雪堆的假国王,
站在布林布鲁克这轮太阳下,把自己融成
水滴!仁慈的国王,伟大的国王,——算不
上伟大、仁慈,——假如我说话在英格兰
还管用,那我下令,马上拿一面镜子来,让
我看看这张脸在威严破产之后能变成什
么样子。

布林布鲁克　你们谁去,取面镜子来。(一侍从下)

诺森伯兰　　趁这会儿拿镜子,把这份指控读一遍。

---

① 此处或含两种寓意:1.暗示兰开斯特家族诋毁理查王并非黑王子(the Black
Prince)爱德华的亲生子,而是波尔多一位牧师的私生子,名叫约翰(Jehan)。此说未
见正史。2.理查王暗指自己一旦交出王位,将变得一无所有。

理查王	魔鬼,我还没下地狱,你就往死里折磨我①!
布林布鲁克	诺森伯兰大人,别再逼他。
诺森伯兰	我怕议员们不满。
理查王	他们会满意的:等我一见到那本写满我罪孽的书②,那就是我自己,我会读个够。(一侍从持镜子上)——给我镜子,我要读读里面的内容。(接过镜子)——皱纹还没变深吗?悲痛屡屡打在我脸上,却没造成更深的创伤! ——啊,谄媚的镜子,你在骗我,跟我得势时的那些追随者们一样! 这还是那张脸吗?每天在它屋檐下要养活上万人。这就是像太阳一样刺得人直眨眼的那张脸③?这就是曾直面那么多恶行,终遭布林布鲁克蔑视的那张脸? 易碎的荣耀照着这张脸,这张脸正如荣耀一样易碎;(把镜子摔在

---

① 参见《新约·马太福音》8:29:"他们见了耶稣,立刻喊着说:'上帝的儿子,你为什么要干扰我们? 你要提前折磨我们吗? '"

② "写满我罪孽的书"即指"生命册",参照之前关于"生命册"注释,亦参见《新约·启示录》20:12:"案卷都展开了;另外有一本生命册也展开了。死了的人都是照着他们的行为,根据这些案卷所记录的,接受审判。"

③ 参见《旧约·出埃及记》34:35:"他们(以色列人)总看见摩西脸上发光;过后,他再用帕子蒙面。"《新约·马太福音》17:2:"在他们面前,耶稣的形象变了:他的面貌像太阳一样明亮。"《启示录》1:13—16:"灯台中间有一位像人子的,……他的脸像正午的阳光。"

	(地上)瞧它在这儿,碎成了一百片。——留心,沉默的国王,摔这一下的用意是:悲伤那么快就毁了我这张脸。
布林布鲁克	是你悲伤的阴影,毁了你的脸在镜中的阴影。
理查王	再说一遍。我悲伤的阴影? 哈,看吧:——没错,我心里满是悲伤;外在哀伤的样子,只是内在悲伤的阴影,这看不见的悲伤在我受折磨的灵魂里默然膨胀;悲伤的实质躺在那儿:国王,我谢谢你的慷慨恩赐,不仅给了我哀泣的理由,还教会我如何哀悼这理由。我还有一事相求,然后就走,不再麻烦你。你能允准吗?
布林布鲁克	说吧,好兄弟。
理查王	"好兄弟"! 我简直比国王还伟大。因为我当国王时,只有臣民奉承我;而今,我身为臣民,这儿却有一位国王讨好我。既已如此伟大,我别无所求。
布林布鲁克	说吧。
理查王	能允准?
布林布鲁克	一定。
理查王	那就允许我离开。
布林布鲁克	去哪儿?
理查王	只要看不见你,随便去哪儿都行。

布林布鲁克	来呀,派人护送他去伦敦塔①。
理查王	啊,妙哉!"护送"? ——你们这帮窃贼,如此灵敏来攀附,只因倒了一位真国王。(理查、几位贵族及一卫兵下)
布林布鲁克	我郑重宣布, 定于下周三举行加冕典礼:请诸位大人准备好。(除卡莱尔主教、修道院院长及奥默尔,均下。)
修道院院长	我们刚在这儿看完一出惨剧。
卡莱尔	惨剧还在后面:尚未出生的后世子孙,他们将感受这一天,如荆棘刺遍全身。
奥默尔	神圣的牧师,难道你毫无办法,叫王国除掉这个毁灭性的污点?
修道院院长	大人,在我毫无遮拦吐露心声之前,你不仅要领受圣餐庄严宣誓②,把我的意图藏在心底, 还要按我计划好的一切行事。 ——我见你眉间满是怨愤, 心怀悲伤,两眼盈泪: 　　回家和我一起吃晚餐,我有一计, 　　会给你们大家带来一个欢庆之日。 (同下)

---

① 伦敦塔(Tower):位于泰晤士河北岸,曾是一座关押政治犯的狱塔城堡。
② 比喻说法,并非真要领圣餐。

第五幕

第一场

伦敦;通往伦敦塔的一条街。

(王后及侍女等上。)

王后　　国王会走这条路:这条路通往尤里乌斯·恺撒建
　　　　的那座不祥之塔①,我丈夫被骄傲的布林布鲁克
　　　　判了罪,注定要在那坚固的墙里做囚徒:假如这
　　　　反叛的国土还能给她真正君主的王后一块休息
　　　　之地,咱们先在这里歇一会儿。——

(理查王及卫兵上。)

　　　　但等一下,看哪,还是宁可不看,我美丽的玫瑰②
　　　　凋谢了:还是抬眼观瞧,你会在怜悯中化为露水,
　　　　再用真爱的眼泪把他清洗新鲜。啊!你,特洛伊老

---

① 传说伦敦塔由罗马皇帝尤里乌斯·恺撒兴建,实为征服者威廉（William the Conqueror）所建。

② 此处容易引起歧义,"我美丽的玫瑰"可能指王后自己姣好的容颜,也可能是王后把理查王比喻为"美丽的玫瑰"。

城的图样，你这荣耀的影像①，你这理查王的坟墓，你已不再是理查王，为何，在廉价小酒馆的客人狂欢之时，你这座最奢华的大酒店，却住进了令人厌恶的悲伤？

理查王　美丽的女人，莫与悲伤携起手，叫我死得太突然，别这样：仁慈的灵魂，要学会把我们的过往想成一场美梦，大梦初醒，我们的实际情形也不过如此。亲爱的，我已发誓，与糟糕的厄运②结为兄弟，他和我将永结盟好，至死方休。你速去法国，找一处修女院藏身：

　　　我那在亵渎生活中垮掉的王冠，

　　　非得在天国神圣的生活里赢回。③

王后　怎么，我的理查身心两方面都变了，衰退了？布林布鲁克废黜了你的才智？他占据了你的心？连垂死的狮子在被制服时，为发泄愤怒，如果抓不着别的，都要用爪子抓伤地面。难道你，一

---

①据传特洛伊城为特洛伊人布鲁特斯（Brutus）兴建。伦敦常被称为特洛伊新城（New Troy）。

②厄运（Necessity）：直译为"必然"，指必然到来的命运。

③参见《新约·哥林多前书》9:25："但是我们所求的却是那不朽的冠冕。"《彼得前书》5:4："这样，那大牧人来临的时候，你们就会领受那永不失去光彩的华冠。"《雅各书》1:12："遭受试炼而忍耐到底的人有福了；因为通过考验之后，他将领受上帝所应许的那生命的冠冕。"《提摩太后书》4:8："那按照公义施行审判的主，要在他再来的日子，把公义的华冠赐给我。"《启示录》2:10："你们要受十天的苦难。你要忠心至死，我就赐给你生命的冠冕。"

头狮子,一只百兽之王,却像学童似的,乖顺地接受惩罚,吻着藤条,以下贱的谦恭逢迎人家的暴怒①?

理查王　　一只百兽之王,的确,若他们不是兽类,我至今还是一个快乐的人中君王。昔日高贵的王后,准备离开这儿,去法国:就当我死了,把这儿当成我弥留之际的床榻,跟我生死诀别吧。缓慢的冬夜,和善良的老人们坐在壁炉旁，让他们跟你讲很久以前发生的悲惨故事;道晚安之前,为报答他们的悲哀讲述,不妨把我被废的惨事讲给他们,让他们抹着眼泪入睡:因为,连那毫无知觉燃烧着的原木,都会同情你感人舌头的悲伤语调，悲悯洒泪,浇灭炉火:有的烧成灰烬,有的烧成黑炭,它们在追悼一位遭废黜的合法国王②。

(诺森伯兰及其他人上。)

诺森伯兰　　大人,布林布鲁克改了主意:要你去庞弗雷

① 参见《旧约·箴言》22:15:"儿童本性接近愚昧,用责打可以叫他们就范。"23:13:"要认真管教儿童;责打不至于丧命,反而是救他生命。"

② 参见《旧约·但以理书》9:3:"我禁食,穿上麻衣,坐在灰尘里,面向主上帝悲切祈祷。"《以斯帖记》4:3:"那里的犹太人就悲痛哀号。他们禁食、哭泣、悲喊,大多数人披上麻衣,躺在灰里。"《约拿书》3:6:"尼尼微王一听见这消息,就离开宝座,脱下王袍,披上麻布,坐在灰中。"《新约·路加福音》10:13:"那里的人早就坐在地上,披麻蒙灰,表示他们已弃邪归正了!"

特①,不去伦敦塔了。——(向王后)另外,夫人,也下了对您的指令:您必须即刻动身,去法国。

理查王　诺森伯兰,你这布林布鲁克借以爬上我王座的梯子,用不了多久,邪恶的罪孽,就会结成脓头,脓液②横流:你会想,你帮他得到一切,即使他把一半王国分给你,那也太少;而他会想,你既然懂得如何拥立一位非法国王,稍不称心,便会想办法再把他从篡夺的王位上倒栽葱拽下来。邪恶的友情化为恐惧;恐惧化为仇恨,仇恨会使一方或双方③陷入应得、应受的危险和死亡。

诺森伯兰　我的罪算我头上④,不必多说。你们必须分手,道个别,马上走。

理查王　双重的分离!——恶人,你侵害了双重的婚姻,——既侵害了我与王冠的婚姻,又侵害

----

① 庞弗雷特(Pomfret):即位于约克郡的庞蒂弗拉克特城堡(Pontefract Castle)。

② 脓液(corruption):含"罪孽"(sin)和"毁灭"(destruction)之意。参见《新约·雅各书》1:15:"他的欲望怀了胎,生出罪恶,罪恶一旦长成就会产生死亡。"

③ 指篡位的国王或他的同谋。

④ 参见《旧约·撒母耳记上》25:39:"上主把拿霸的恶行算到拿霸头上。"《以斯帖记》9:25:"王降旨使哈曼谋害犹太人的恶行,归到他自己头上。"《诗篇》7:16:"他要因自己的邪恶被惩罚,/因自己的暴行受伤害。"《新约·马太福音》27:25:"群众异口同声说:'这个人的血债由我们和我们的子孙来承担!'"

了我与妻子的婚姻。——（向王后）让我用一吻解除你我的誓约，但不能这样做，因为当初正是一吻把我俩缔结。——叫我们分离吧，诺森伯兰：我向北，那地方冻得人浑身打战，饱受疾病折磨；我妻子去法国，——当初她从那儿来，送行仪仗十分盛大。

　　　　她来时装饰艳丽，好似温馨五月节，
　　　　如今送回，却像万圣节或冬至那天。[①]

王后	我们必须分开、必须别离吗？
理查王	是，我的爱，手分手，心离心。
王后	把我俩一齐放逐，叫国王跟我一起走。
诺森伯兰	这不失恩爱之举，却不算明智。
王后	那他去哪儿，也叫我去哪儿。
理查王	若两人在一起，二人同哭，悲痛也能合二为一。

　　　　你在法国为我哭泣，我在这里为你洒泪；
　　　　既然再近无法相聚，不如索性各自远离。
　　　　走吧，你用叹息，我用呻吟，计算路程。

王后	谁的路最远，谁的悲吟最长。
理查王	我一步两叹，我走的路程短，

　　　　沉重的心情，把我的路拉长。
　　　　来，来，简短向悲伤来求爱，

――――――――――――――

[①] 万圣节（Hallowmas）：11月1日，纪念殉道圣徒的节日。

可一旦成婚,悲痛绵绵无期。

用一吻来堵嘴,默然两分离(二人亲吻);

给你我的心,你把我心带走。

王后　　　　还我的心;若安守你的心,

悲痛会杀它,这不是好法子(二人再吻)。

好了,我已收回我心,走吧,

我会尽力用一声悲吟杀死它。

理查王　　　纵有哀痛骄纵,如此两相依:

再次告别;其他让悲伤诉说。(同下)

第二场

伦敦;约克公爵府中一室。

(约克公爵与公爵夫人上。)

公爵夫人　　夫君①,你说要把两个侄子②来伦敦以后的事
　　　　　　讲给我,可你一哭,就没往下讲。

约克　　　　讲到哪儿了?

公爵夫人　　讲到令人心痛的地方,夫君:一双双野蛮、没
　　　　　　规矩的手,从窗口把泥土和垃圾扔到理查王
　　　　　　头上。

约克　　　　那好,我接着说,伟大的布林布鲁克公爵,——
　　　　　　骑着一匹性如烈火的战马,这匹马踏着缓
　　　　　　慢、庄严的步伐,——似乎知道背上驮着一
　　　　　　位雄心勃勃的骑手,这时,所有人齐声高呼

---

① 夫君(My lord):直译为"我的主人"。按《圣经》教义,女性婚后,须把丈夫视为
主人。

② 两个侄子:即理查王和布林布鲁克,约克公爵是他俩的叔叔。

"上帝保佑你,布林布鲁克!"你会觉得每扇窗户都在发声,有那么多老老少少的贪婪面孔探出窗外,把急切的目光投到他脸上,连所有涂在墙上的人像好像都跟着喊:"耶稣保佑你!欢迎,布林布鲁克!"此时,他把脸转来掉去,脱下帽子,俯首致敬,头低得比他高傲的马脖子还低,回应他们,——"我感谢你们,同胞们",就这样一边不断回应,一边徐徐前行。

公爵夫人　　唉,可怜的理查!这时他骑着马在哪儿?约克活像在戏院,一个演技好的名演员刚下场,观众的眼睛对紧接他出场的下一个,总是无精打采,觉得他唠唠叨叨的招人烦;跟这情形一样,或者眼神里更透出鄙夷,人们对理查满脸怒容;没人喊"上帝保佑他",也没有喜庆的言辞欢迎他回来;反倒是,泥土投在他神圣的头上①;只见他露出一丝轻柔的愁容,抖落泥土,——眼泪和微笑不停在他脸上交战,那是悲痛与忍耐的标志,——要不是上帝,因某些有说服力的理由,把人心变硬,他

---

① 参见《旧约·撒母耳记下》16:13:"于是大卫跟他的随从继续前行。每一路跟着,在山坡上一面走一面咒骂,并向他们扔石头和泥土。"

们的心肠早融化了,哪怕野蛮本身,也一定
会怜悯他。

　　但这些事,自有上天一手安排,
　　对上天的崇高意旨要心满意足。
　　既已发誓做布林布鲁克的臣民,
　　就要完全承认他的君权与尊贵。

公爵夫人　　我儿子奥默尔来了①。

约克　　他不再是奥默尔:他因是理查的朋友,已失
　　去这个名号,夫人,现在你得叫他拉特兰②。
　　我已在议会为他的忠诚作保,保证他永远效
　　忠新国王。

（奥默尔上。）

公爵夫人　　欢迎,我的儿子:眼下,新春来临,谁是撒在
　　绿野上的紫罗兰③?

奥默尔　　夫人④,我不知道,完全不上心。上帝知晓,我
　　情愿不是其中一朵。

约克　　哦,新春时节好自为之,

---

①历史上的奥默尔,并非这位公爵夫人之子,她是公爵的第二任妻子。奥默尔的母亲是约克公爵的原配夫人,于1394年去世。

②拉特兰(Rutland):奥默尔因支持理查王,被视为理查同党,布林布鲁克继位后,虽仍保留其拉特兰伯爵的封号,却于1399年取消了他的公爵爵位。

③新春:喻指布林布鲁克的新王权。紫罗兰:喻指宫廷宠臣。

④此处原文是"夫人"(Madam),而非"母亲"(Mother),但后文又称呼其"好母亲"(good mother)。

以免还没长成就被剪掉。①

牛津那边有什么消息？——比武和庆典活动照常进行吗？②

奥默尔	据我所知,大人③,照常进行。
约克	我想,你会去那儿。
奥默尔	上帝若不阻止,我打算去。
约克	你胸前吊的,是个什么印章④? 咦,你脸色发白? 让我看看写的什么。
奥默尔	没什么,大人。
约克	既然没什么,那谁看都行。看了我也踏实。让我看看写的什么。
奥默尔	恳请阁下原谅:本不是什么要紧东西,但出于某种原因,我不愿给人看。
约克	出于某种原因,先生,我非要看。我担心,担心,——
公爵夫人	你担心什么? 不过是借钱的字据,他打算买几件像样衣服,好在庆典那天穿。

①暗指若有谋反之心,会被砍头。
②据霍林斯赫德《编年史》载:威斯敏斯特修道院院长及同谋计划邀请新王去牛津观看比武,伺机刺杀,然后救出理查,扶他回归王位。
③此处奥默尔称呼约克为"大人"(My lord),而非"父亲"(my father)。
④旧时文书上的印章,有时并不直接盖在文书上,而是盖在一小条羊皮纸上,系在文书边缘。若挂在胸前,很容易露出来。

约克	别人的字据?借了别人钱,字据自己留着?老婆,你真够傻的。——孩子,我看一眼写的什么。
奥默尔	恳请原谅:我不能给您看。
约克	看了心里踏实。我说,给我看(从他怀里拽出文书,读):——叛逆,十恶不赦的叛逆!——恶棍、反贼、奴才!
公爵夫人	怎么了,夫君?
约克	喂!谁在里面?来人!

(一仆人上。)

	给我备马。——上帝恕罪,这是要谋反!
公爵夫人	唉,到底怎么了,夫君?
约克	给我靴子,耳朵聋了?给我的马备鞍(仆人下)。——现在,以我的荣誉、我的生命、我的忠诚起誓,我要告发这个歹人。
公爵夫人	究竟怎么回事?
约克	住嘴,你这个蠢女人。
公爵夫人	我偏说。——到底怎么了,奥默尔?
奥默尔	仁慈的母亲,别担心,顶多赔上我这条小命。
公爵夫人	赔上命!

(一仆人拿靴子上。)

约克	给我靴子:——我要去见国王。(仆人递靴子)

公爵夫人	奥默尔，揍他①。——可怜的孩子，吓着你了。——(向仆人)别叫我再看见你(仆人下)。
约克	给我靴子,听见没有?
公爵夫人	怎么着,约克,你想干吗? 亲生儿子犯罪,你还不想瞒着? 你有几个亲儿子②? 我们还能再生?我不是早过了生育期吗?我都这把岁数了,你硬要夺去我宝贝儿子,抢走我做母亲的福分? 难道他长得不像你? 不是你亲生的?
约克	稀里糊涂的疯女人,你还想把这黑暗的阴谋瞒起来? 这份文书上有他们十几个人的签名,文书人手一份,他们盟约立誓,要在牛津害死国王。
公爵夫人	不叫他跟他们一伙儿,咱们把他留住:那这事儿还跟他有关系?
约克	走开,傻女人! 他是我儿子,即便再亲上二十倍,我也要告发他。
公爵夫人	假如像我似的, 他是你受分娩之痛所生,你会更怜爱他。可现在,我懂你心思了:你怀疑我跟人私通,他是个野种,不是你儿子。亲爱

---

① 他:即拿靴子的仆人。
② 公爵至少另有一子,名理查,以剑桥伯爵身份在《亨利五世》一剧中出现。

　　　　　　　的约克,亲爱的丈夫,别这样想。他生来像
　　　　　　　你,长得一模一样,既不像我,也不像我的哪
　　　　　　　个亲戚,但我爱他。

约克　　　　　起开,没规矩的女人!（下）

公爵夫人　　　追上他,奥默尔! 抢先一步,你骑他的马;刺
　　　　　　　马飞奔,赶在他告发之前,先见国王,乞求宽
　　　　　　　恕。我随后就到。别看我上了岁数,管保骑得
　　　　　　　不比约克慢: 布林布鲁克若不恕你无罪,我
　　　　　　　就跪在地上不起来。走,快去!（同下）

第三场

温莎;城堡中一室①。

(布林布鲁克、珀西及其他贵族等上。)

布林布鲁克　　没人说得出我那放荡儿子近来如何吗?从
上次见他,已整整三个月了。若有什么天
谴报应悬在我头上,准保是他。诸位大人,
我祈求上帝,要找到他:去伦敦,把那儿的
酒馆打听一遍,听人说,他常跟那些浪荡
的狐朋狗友成天泡酒馆,——甚至有人
说,他们竟然站在窄巷子里,抢劫巡夜人、
殴打过往旅客;而他,年轻的浪子②、任性
的毛孩子,把这当成挣荣誉的事,非护着
这帮浪荡鬼不可。

---

① 即温莎城堡中的宫廷。
② 历史上的亨利王子,这一年十二岁,亨利四世三十三岁。

珀西	陛下，我大约两天前见过王子，还跟他说要在牛津举行比武、庆典。
布林布鲁克	这位时髦小伙儿怎么说？
珀西	他说，——情愿去逛窑子，随便从哪个最淫浪的妓女手上扯下一只手套①，戴在头盔上当信物②；戴上它，他能把最勇猛③的挑战者打落马下。
布林布鲁克	鲁莽到家，放荡透顶；不过，我从这两缺陷之间，看到几点希望的火花，等他长大了，说不定会有好命。——谁来了？

（奥默尔上。）

奥默尔	国王在哪儿？
布林布鲁克	兄弟，你两眼发直，神情如此惊恐，出什么事了？
奥默尔	上帝保佑陛下！恳请陛下，准许我与您单独谈一会儿。
布林布鲁克	你们退下，我们俩单独晤谈（珀西及众贵族下）。——兄弟，现在说吧，什么事？
奥默尔	（跪）除非在我起身或开口之前，您恕我无

---

① 手套（glove）：或含性意味，暗指阴道。

② 在骑士时代，骑士常在竞技比武时，把所爱女人的手套作为信物戴在头盔上，为她获取荣誉。

③ 最勇猛：或含性意味，暗指最淫乱者。

	罪,不然,我愿双膝永远跪地,舌头在嘴巴 上颚粘一辈子①。
布林布鲁克	是打算犯罪,还是已经有罪? 若属前者,甭 管多大罪过,为赢得你日后的忠诚,我都 会宽恕。
奥默尔	那请允许我锁上门,在我讲完之前,谁也 别进来。
布林布鲁克	随便你。(奥默尔锁门)
约克	(在内)主上,当心! 留神:您眼前站着一个 叛徒。
布林布鲁克	(拔剑)反贼,我弄死你。
奥默尔	管住你满是仇恨的手,你没有理由害怕。
约克	(在内)开门,自负、冒失的国王:非让我出 于忠心,说这样不敬之词吗? 开门,否则, 我把门砸开。(布林布鲁克开门)

(约克上。)

布林布鲁克	叔叔,出什么事了? 说吧,先喘口气;再告 诉我有多危险,我好拿起武器应战。
约克	读读上面写的,就知道我仓促间一时难以 说清的理由(呈上文书)。

---

① 参见《旧约·诗篇》137:6:"若不以耶路撒冷为我最大的喜乐,/ 情愿我的舌头粘在上颚,再不能歌唱。"《约伯记》29:10:"连贵族的舌头也粘在口腔上颚,发不出声。"《以西结书》3:26:"我必使你的舌头粘在上颚,叫你说不出话来。"

奥默尔	读的时候,别忘您刚才许下的诺言:我真的很后悔,别读我的签名,签的时候,我心手不一。
约克	恶棍,你落笔之前,分明心手合一。——国王,它是我从这反贼胸口扯出来的。他表示悔过,是心里怕,并非出于爱;千万别怜悯他,否则,你的怜悯会变成一条刺入你心里的毒蛇。
布林布鲁克	啊,凶恶、公然、大胆的阴谋! ——啊,一个逆子的忠诚父亲! 从你纯净、澄澈的银色清泉淌出的这股溪流,流经泥泞,弄脏自己! 你的善良流溢出邪恶,你丰饶的美德,将使我赦免你误入歧途的儿子这一致命的罪恶。
约克	这样一来,我的美德就成了他淫邪的皮条客,他会以其耻辱浪费①我的荣誉,活像挥霍的儿子浪费父亲积攒的黄金。
	他的耻辱死了,我的荣誉得以生还, 否则,我只能活在他的耻辱里蒙羞: 让他活着,等于杀我;若给他生机, 饶叛徒一命,无异于叫忠臣去赴死。

---

① 浪费(spend):或含性意味,暗指"射精"(ejaculate)。

公爵夫人	(在内)喂，喂，陛下！看在上帝的情分上，让我进来。
布林布鲁克	这一声尖嗓音的叫喊，谁在苦苦哀求？
公爵夫人	(在内)一个女人，你的婶婶，伟大的国王： 是我呀！ 　　可怜我，打开门，听我说句话： 　　一个从不乞讨的乞丐乞求您啦。①
布林布鲁克	剧情已从严肃发生反转， 现在变成"国王与乞丐"。—— 居心险恶的弟弟，让你母亲进来： 我知道她来为你的邪恶之罪求情。(奥默尔打开门锁)
约克	甭管谁求情，一旦宽恕， 更多的罪孽将由此兴盛。 砍掉腐烂肢体，保全身安然无恙； 若不处置这病根，通身必遭毁灭。

(公爵夫人上。)

公爵夫人	啊，国王，别信这个狠心的男人！ 连亲生儿子都不爱，还能去爱谁？
约克	你这疯婆娘，谁叫你来此瞎胡闹？ 想用你衰老的奶头再喂一次叛徒？

---

① 此处或源于一首古代英国民谣，讲述非洲国王科菲多亚(Cophetua)与其乞丐女仆的爱情故事。

公爵夫人	亲爱的约克，要有耐心。——仁慈的陛 下,听我说(跪下)。
布林布鲁克	好心的婶婶,请起。
公爵夫人	还不能起,我央求您: 我会永远这么跪着,用膝盖走路, 幸运之人的时光,我永远不去看, 直到您赦免我犯罪的儿子拉特兰, 您把快乐给我,好叫我重新快乐。
奥默尔	听母亲如此哀求,我也双膝跪下(跪下)。
约克	我屈下忠诚双膝,反对母子求情(跪下)。 倘若你赐以恩典①,必将贻害无穷!
公爵夫人	莫非他真心恳求? 看他脸便知晓: 他眼里没一滴泪,恳求佯装做戏, 他只是话从口出,我们言由心生:② 他的恳求没活力,愿您切莫允准;③ 我们倾全力哀求,真心求您开恩:④

---

① 赐以恩典:指法外开恩,饶奥默尔不死。
② 参见《新约·马太福音》15:8:"这些人用唇舌尊敬我;/ 他们的心却远离我。"
③ 参见《旧约·德训篇》7:10:"祈求的时候不要怯弱。"
④ 参见《旧约·申命记》4:29:"你们要寻求上主——你们的上帝;如果你们专心致志寻求他,就会找到他。"6:5:"你们要以全部心志、情感和力量爱上主——你们的上帝!"《新约·马太福音》22:37:"耶稣说:'你们要倾全部心力、情感和理智爱主——你的上帝。'"

我知他双膝疲惫,恨不得早起身;

我们愿双膝长跪,哪怕落地生根。

他所发出的恳求,满嘴虚假伪善,

我们的哀求一片真心、一腔赤诚。

既然哀求胜过恳求:那请您恩准,

让真心哀求得到陛下仁慈的宽恕。

布林布鲁克　好婶婶,请起。

公爵夫人　　不,千万,免开尊口说"请起";

等说完"宽恕",再来说"请起"。

假如我是你的保姆,教你学说话,

"宽恕"该是你要学的第一个词。

活到现在从未急着想听到这个词:

国王,说"宽恕";让悲悯教给你:

字短,但没哪个词短得如此仁慈:

没哪个词像它更适合君王的尊口。

约克　　　　国王,若说就用法语说"原谅我"。①

公爵夫人　　你想教他用"原谅"毁掉"宽恕"?

啊,我的臭脾气丈夫、狠心主人,②

你竟用这个字本身跟这个字作对!——

(向布林布鲁克)

---

　　① 法语的"原谅我"(pardonnez-moi),虽与英语"宽恕"(pardon)拼写相近,却用来拒绝请求。

　　② 按《圣经》教义,丈夫是妻子的主人。

按我们本国的用法说"宽恕"吧，

含混、吃字音的法语我们听不懂。

您眼睛要说话，快把舌头放里面，

要不就把耳朵安在您慈悲的心里，

倾听我们的哀求如何把那心刺穿，

同情会叫您把"宽恕"再说一次。

布林布鲁克　好婶婶，请起。

公爵夫人　　我并未乞求您让我站起；

"宽恕"是我唯一诉求。

布林布鲁克　我宽恕他，愿上帝恕我。①

公爵夫人　　啊，下跪的膝头赢得幸运的时机！

可我还是放心不下，您再说一遍；

说两次"宽恕"并不是宽恕两回，

却使一次"宽恕"变得更有分量。

布林布鲁克　我真心实意宽恕他。

公爵夫人　　您真是人间的天神。（约克、公爵夫人与奥默尔

起身）

布林布鲁克　不过，对我信赖的妹夫②，还有修道院院长，

---

① 参见《新约·马太福音》6:14—15："你们饶恕别人的过错，你们的天父也会饶恕你们；你们不饶恕别人的过错，天父也不会饶恕。"18:35："耶稣说：'如果你们每人不肯从心里饶恕弟兄，我的天父也要这样对你们。'"《马可福音》11:25："你们站着祷告的时候，先要饶恕得罪你们的人；这样，你们的天父也会饶恕你们的过错。"《以弗所书》4:32："要亲切仁慈相待，彼此饶恕，正如上帝借着基督饶恕你们一样。"

② 妹夫：即埃克塞特公爵（Duke of Exeter）、兼亨廷顿伯爵（Earl of Huntington）约翰·荷兰（John Holland），娶了亨利·布林布鲁克的妹妹伊丽莎白（Elizabeth）为妻。与奥默尔一起被剥夺公爵爵位，后参与暗杀亨利王，被捕，遭处决。"信赖"在此是反语。

及其他所有参与阴谋的同党,毁灭随之而
来,马上追到他们脚后跟。——好叔叔,
帮我下令,派几支军队去牛津,或任何一
处反叛之地:

　　我发誓,他们甭想活在这人世,

　　一经发现踪迹,势必抓住他们。

　　叔叔,再见;——弟弟,也再见:

　　你母亲真会求情,愿你诚心可鉴。①

公爵夫人　　来,老儿子②:祈愿上帝重新造你。③(同下)

---

① 在《亨利五世》中,奥默尔死于阿金库尔之战(Agincourt)。

② 老儿子(old son):或是对伊丽莎白女王时代流行的《公祷书》(Book of Common Prayer)中洗礼祷词中"老亚当"(old Adam)的化用:"愿老亚当在这孩子身体里埋葬,一个新人从他身体里复活。"(grant that the old Adam in this child may be so buried, that the new man may be raised up in him.)

③ 参见《新约·以弗所书》4:22—24:"你们要挣脱使你们生活在腐败中的'旧我';⋯⋯要穿上'新我';这新我是照着上帝的形象造的,表现在真理所产生的正义和圣洁上。"《哥林多后书》5:17:"无论谁,一旦有了基督的生命就是新造的人;旧的已经过去,新的已经来临。"《歌罗西书》3:9—10:"不可彼此欺骗,因为你们已经脱掉旧我和旧习惯,换上了新我。这个新我,由创造主上帝按照自己的形象不断加以更新,能完全认识他。"

第四场

温莎;城堡中一室。

(埃克斯顿的皮尔斯爵士及仆人上。)

埃克斯顿　　你注意到国王的话了吗?他说,——"没有朋友替我除掉这个死对头吗?"是这话吧?

仆人　　　　一字不差。

埃克斯顿　　国王说:"难道我没有朋友?"一连说了两遍,两遍,语气都很重。——是这样吧?

仆人　　　　是的。

埃克斯顿　　说的时候,他特意看我一眼,好像在说:"真愿你就是替我除掉心头恐怖的那个人",——他指的是庞弗雷特那个国王。走,咱们走:①我既是国王的朋友,愿替他除掉这个仇敌。

(同下)

---

① 那个国王:指被囚禁在庞弗雷特城堡的理查二世。

第五场

庞弗雷特城堡;地牢。

（理查上。）

理查王　我一直琢磨如何把我住的这监牢比成一个世界:因为世界稠人广众,这儿只我独自一人,不能这样比;——但我得把它想透。我要把我的头脑变成我灵魂的女人,拿灵魂当她男人①:他俩不断孕育,生出一代又一代的思想;这些思想是这小世界里②的芸芸众生,他们有世人一样的性情癖好,因为思想从不知足。稍微好点儿的,——比如有关神圣事物的思想,——其中混杂一些疑团,甚至所引经文彼此对立:像这句,"让小孩子到我这儿来"③;随后,又来这

---

① 原文为"父亲"(father),显然不合逻辑。

② 小世界:即理查被囚禁的监牢。

③ 此句源自《新约·路加福音》18:16;《马太福音》19:14,此句全文为:"让小孩子到我这儿来,不要阻止他们,因为天国的子民正是像他们这样的人。"

么一句:"要成为上帝国的子民比骆驼穿过针眼还难"①。还有的思想野心不小,竟然谋划不可能的奇迹:这些脆弱无力的指甲,怎能从这坚固世界的坚硬肋骨——这监牢粗硬的石墙——撕开一条通道?根本办不到,只有傲然死去。有的思想心满意足,自我奉承它们不是第一批命运之神的奴隶,也不会是最后一批,活像下贱的乞丐,套着足枷坐在那儿,却恬不知耻地说,过去戴足枷坐这儿的人多了,以后肯定还有;把自己所遭不幸让过去受同样罪的人来分担,这样一想,心里就安顿了。如此这般,我一个囚犯②,可以扮演许多角色,却没一个叫我顺心。有时我是国王,可叛逆的想法又使我希望自己是个乞丐,于是我成了乞丐。然后贫穷压得我自我劝解,还是当个国王更舒坦,于是我又变成国王:很快,一想到布林布鲁克已废了我的王位,我立刻变得谁也不是。——但甭管我是谁,不论我,还是随便谁,但凡世间

---

① 此句源自《新约·路加福音》18:25;另见《马太福音》19:24、《马可福音》10:25,此句全文为:(耶稣说)"有钱人要成为上帝国的子民多么难啊!有钱人要成为上帝国的子民比骆驼穿过针眼还难!"理查认为这一先一后两句话相互矛盾,他的质疑是:若有钱人像小孩子一样纯洁,就能成为上帝国的子民吗?

② "第一对开本"此处作"囚犯"(one prison),此前的"四开本",此处作"一人"(one person)。

人,没什么能满足他,直到死去,一切化为乌有。——(音乐起①)。我听到音乐了吗?哈,哈!注意节拍。甜美的音乐,只要节拍一乱,失了韵调,多么令人不快!人生的音乐何尝不是这样。在这儿,我耳朵灵敏,哪怕一根弦失音,也听得出来;但曾几何时,从国家和时代的和谐里,我的耳朵却听不出一丝走调。我损害了时间,现在时间来损害我;因为此刻,时间已把我变成它的时钟:我的思想是刻度上每一分,用嘀嗒嘀嗒的叹息,向我的眼睛——那钟面,——报出每分钟的间隔;我的手指,则像上面的时针,一边不断计时,一边不住擦拭泪水。现在,先生,这报时的嘀嗒声便是吵闹的呻吟,打在我心上,那声音就是钟鸣:因此,叹息、泪水和呻吟,分别表示每分、每刻、每时;——我的一生匆匆流逝,布林布鲁克却踌躇满志,此时,我傻站在这儿,成了他自鸣钟里的小人儿②。这音乐叫我抓狂,别出声啦(音乐止)!尽管它能帮疯子恢复神志,可对于我,却能使智者癫狂。不过,那把音乐带给我的人,我祝福他的心!因为这

---

① 自鸣钟报时的音乐。
② 旧时自鸣钟里金属制的小人儿(有的身披盔甲),手持小槌,一刻钟敲击一下。

表示一种爱意，毕竟在这充满仇恨的人世，对
理查的爱是一件稀世珍宝。

（马夫上。）

马夫　　　致敬，高贵的君王！

理查王　　多谢，尊贵的同辈：我这最贱的"高贵"，还比你
的"尊贵"多十个"格罗特"①。你是做什么的？怎
么会来这儿？除了一脸丧气给我送饭让我活命
的那家伙，这地方没人来过。

马夫　　　国王，您当国王时，我是您马厩里一个小小的
马夫；我去约克，打这儿经过，费了老大劲才获
准，来跟您——我昔日至尊的主人，见上一面。
啊，布林布鲁克加冕那天，当我在伦敦的街上，
见他骑着那匹巴巴里②枣红马哒哒哒从眼前走
过，甭提心里有多难受！——这匹马那会儿您
常骑，那可是我精心侍弄过的宝马！

理查王　　他骑着我的巴巴里马？告诉我，高贵的朋友，那
马驮着他走起来什么样儿？

---

① "高贵的君王"之"高贵"（royal）与"尊贵的同辈"之"尊贵"（noble），均为双关
语：1."高贵""尊贵"之意；2.均为货币名，是两种金币，前者值十先令（合 120 便士），
后者值六先令八便士（合 80 便士）。"格罗特"（groat）则是当时面值四便士的银币。理
查王此语意在嘲讽自己作为囚犯，此时的身份已比马夫低贱。所以，他称呼马夫"尊
贵的同辈"，意思是两人地位平等。

② 巴巴里（Barbary）：非洲西北部巴巴里海岸，曾为糖业贸易中心，并以产战马
远近闻名。

马夫　　　傲气十足,似乎没把地面放眼里。

理查王　　布林布鲁克骑在它背上,它这么骄傲! 那匹不值钱的老马,我用高贵的手喂过它面包;也曾用这只手,拍得它引以为傲。它没踉跄吗? 没要跌倒吗? ——因为骄傲势必跌倒①,——它没要把那个篡位上马的高傲家伙的脖子摔断吗? 马呀,宽恕我! 我为何要辱骂你,你生来不就是任人驾驭、由人骑乘的吗②? 我生来不是一匹马,可我却像驴一样驮着重物,由着那策马腾跃的布林布鲁克踢刺、磨损,弄得筋疲力尽。

(一狱卒持一餐盘上。)

狱卒　　　(向马夫)伙计,让开点儿;别在这儿待着了。

理查王　　你若爱我,现在该走了。

马夫　　　心里藏着话,嘴上不敢说。(下)

狱卒　　　大人,可否请您开饭?

理查王　　像往常一样,你先尝一口。

狱卒　　　大人,我不敢。埃克斯顿的皮尔斯爵士刚从国王那儿来,不准我再尝。

---

① 参见《旧约·箴言》16:18:"骄傲导向毁灭;/傲慢势必跌倒。";29:23:"狂骄使人衰败;/谦虚受人敬重。"

② 参见《旧约·创世记》9:2:"所有地上的牲畜、空中的飞鸟、地面的爬虫和海里的鱼类,这一切都交到你们手中。"

理查王	叫魔鬼把兰开斯特的亨利①和你都抓走！忍耐成了笑柄,烦死我了(打狱卒)。
狱卒	救命,救命,救命啊!

(埃克斯顿及随从手持武器上。)

理查王	怎么! 一个个面露杀气,想弄死我? 奴才,用你自己的家伙去送死吧。(夺过一兵器,杀死一仆人)——还有你,去填地狱的另一块空地儿。

(又杀死一仆人,随后被埃克斯顿击倒。)——(向埃克斯顿)击倒我的那只手,将在浇不灭的火里燃烧②。——

> 埃克斯顿,你那只凶残的手,
>
> 用国王的血玷污国王的土地。
>
> 我的灵魂,上升,上升! 你的王座升上
>
> 高天;肉体凡胎向下沉落,死在这儿吧。(死)

埃克斯顿	高贵的血统,万人敌的豪勇:

> 尽毁我手。啊,但愿是好事!
>
> 因为魔鬼刚说这事做得不赖,
>
> 又说这事已在地狱记录在案。

---

① 即布林布鲁克。

② 参见《新约·马太福音》18:8:"缺手缺脚而得永恒的生命,比手脚齐全而被扔进永不熄灭的烈火中好多了。"《马可福音》9:44:"缺了一只手而得永恒的生命,比双手齐全下地狱、落在永不熄灭的烈火里好多了。"《启示录》21:8:"那些胆怯、背信、腐败、杀人、淫乱、行邪术、拜偶像的,和说谎的人,有火和硫黄燃烧着的湖等着他们:那就是第二次的死。"

我要把这死国王交给活君王：——

死的两个人，顺手就地埋葬。[①]（同下）

---

① 直译为：其余的你们弄走，就地埋葬。此处，"其余的"明显指刚被理查王杀死的两个仆人。

第六场

温莎城堡;城堡中一室。

(喇叭奏花腔。布林布鲁克、约克、贵族及随从等上。)

布林布鲁克　　仁慈的约克叔叔,我听到最新消息,反叛
　　　　　　　者焚烧了格罗斯特郡的奇切斯特镇①,但
　　　　　　　他们是被抓还是被杀,尚不得知。

(诺森伯兰上。)

　　　　　　　欢迎,大人:有什么消息?

诺森伯兰　　　首先,愿陛下圣体安康。
　　　　　　　您最惦记的消息是:我已把索尔斯伯里、
　　　　　　　斯宾塞、布伦特、肯特的人头送往伦敦。②
　　　　　　　如何把这几个人生擒活捉,
　　　　　　　这一纸文书有详尽描述。(递上一纸文书)

---

　　①奇切斯特(Cicester):即赛伦塞斯特(Cirencester),英格兰南部格罗斯特郡一城镇。

　　②"牛津版"中,索尔斯伯里之前是"牛津"(Oxford),而没有"斯宾塞"(Spencer)。

| 布林布鲁克 | 高贵的珀西,多谢辛劳, |
| | 应得的奖赏,不会亏待。 |

(菲兹华特上。)

菲兹华特	陛下,我已把布罗卡斯和班尼特·西里爵
	士的人头从牛津送往伦敦,这两个叛徒合
	伙密谋,打算在牛津推翻陛下,令人后怕。

| 布林布鲁克 | 菲兹华特,你的辛劳永不忘, |
| | 我深知,这一次你劳苦功高。 |

(亨利·珀西与卡莱尔上。)

珀西	这次反叛的主谋——威斯敏斯特修道院
	院长,扛不住良心的重压,抑郁成疾,已入
	殓下葬;
	但卡莱尔还活着,生擒在此,
	如何惩治其狂妄,陛下裁决。

布林布鲁克	卡莱尔,我的判决如下:——
	选一隐秘之地,择一清修之所,
	在更值得敬畏之处,安享余生;
	如此,你生也平和,死也安然:
	因为,尽管我曾把你视为仇敌,
	但我看出你高贵荣誉的闪光。

(埃克斯顿偕侍从抬棺上。)

| 埃克斯顿 | 伟大的国王,呈上这口棺材,里面是您被 |
| | 埋葬的恐惧: |

　　　　　　　您最大的死敌中最有势力的、

　　　　　　　波尔多的理查,我带到此处;①

　　　　　　　他躺在里面,全无半点声息。

布林布鲁克　　埃克斯顿,我无法感谢你,因为你:

　　　　　　　用致命的手造了一件招诽谤的事,②

　　　　　　　毁谤落我头,国体上下皆负恶名。

埃克斯顿　　　我这么做,陛下,是您亲口吩咐。

布林布鲁克　　需要毒药之人,并非本人爱毒药,

　　　　　　　我也不爱你,尽管我真心愿他死,

　　　　　　　见他被杀我开心,但我痛恨凶手。

　　　　　　　叫你的良心负罪,算对你的酬劳,

　　　　　　　我的赞誉和恩典,哪个也得不到。

　　　　　　　与该隐做伴,在夜的阴影里游荡,③

　　　　　　　无论白与昼,永远不要抛头露面。

　　　　　　　诸位听我说,我的灵魂充满痛楚,

　　　　　　　要把血浇在身上,才能使我成长。

---

　　① 波尔多的理查:波尔多(Bordeaux)是理查的出生地,位于法国。

　　② "第一对开本"中,句中的"诽谤"(slander)为"杀戮"(slaughter),译为:干下一件杀戮之事。

　　③ 该隐(Cain),《圣经》人物,参见《旧约·创世记》4:1—16:"该隐杀弟":该隐因嫉妒杀死弟弟亚伯,被认为犯下人类第一桩血案,被视为人类第一个凶手。该隐杀弟之后,遭到上帝惩罚:"你要成为流浪者,在地上到处流荡。"该隐抱怨惩罚太重,到处流浪,会被人杀死。上帝回答:"不,杀你的,要赔上七条命。"因此,上帝在该隐额上做了记号,警告遇见他的人不可杀他。于是,该隐离开上主,来到伊甸园东边名叫"诺德"(流荡之意)的地方居住。

来吧！立刻穿上伤悲的丧服，

与我一起哀悼我要哀悼之人。

我要做一次远航，前往圣地，①

把这血污从罪恶之手上清洗。

随我肃穆前行：在这儿致哀，

为早死之人的棺椁洒泪送行。(同下)

---

① 圣地：指耶路撒冷。

《理查二世》:
君王之罪谁人定?

一、写作时间和剧作版本

1.写作时间

《理查二世》写于 1595 年,证据有四:

第一,关于英国历史上的兰开斯特王朝(House of Lancaster, 1399—1461),莎士比亚原打算写三四部戏,《理查二世》是第一部。

1594 年年中, 莎士比亚加入重组成立的内务大臣剧团(the Chamberlain's Men),并与剧团签下一份合同,承诺以剧团十股东之一的身份,每年为剧团写两部戏(一部悲剧、一部喜剧)。历史剧《理查二世》《亨利四世》第一部、第二部(或称《亨利四世》上下篇),《亨利五世》加上《尤里乌斯·恺撒》,均写于 1595—1599 年之间。这意味着,莎士比亚兑现了他在 16 世纪最后五年每年写一部悲剧的承诺。此外,从《亨利四世》写于 1596—1597 年这个间接证据，可以把莎士比亚开始历史剧系列写作的时间基本锁定在 1595 年。

第二，显而易见，莎士比亚欠他同时代的诗人、历史学家塞缪尔·丹尼尔（Samuel Daniel, 1562—1619）一笔文债——他的《理查二世》从丹尼尔的史诗《约克和兰开斯特两个家族的内战》（*The Civil Wars Between the Houses of York and Lancaster*）中"借"来一些剧情。《内战》前四卷于 1594 年 10 月 11 日在伦敦书业公会注册出版。1595 年 11 月 3 日，朝臣、商人罗兰·怀特（Rowland Whyte）在给政治家罗伯特·西德尼爵士（Robert Sidney, 1563—1626）的信中提及，临近年中在伦敦出版的《内战》前四卷十分有趣。由此推断，《理查二世》应写于 1595 年年底之前。

假使真如议员、学者爱德华·霍比爵士（Sir Edward Hoby, 1560—1617）于 1595 年 12 月 7 日，写给罗伯特·塞西尔爵士（Robert Cecil, 1563—1612）的信中所提邀请他看的"国王理查的戏"，指的是莎剧《理查二世》，则可以确定，《理查二世》在 1595 年九十月间即已完稿，之后，剧团花一段时间进行排练。

第三，从诗剧文体看，同写于 1594 年的《罗密欧与朱丽叶》和写于 1596 年的《约翰王》风格十分相近，韵诗部分极多——约占全剧五分之一，不仅三处用了四行诗的形式（quatrains），还特别爱用"末尾带标点符号的诗行"（end-stopped lines）。也因此，《理查二世》常被视为唯一一部纯诗体莎剧。

第四，作家弗朗西斯·米尔斯（Francis Meres, 1565—1647）在其 1598 年出版的名著《智慧的宝库》（*Palladis Tamia*）中提及，《理查二世》写于 1595—1596 年。

2.剧作版本

1597 年 8 月 29 日,《理查二世》由伦敦著名出版商安德鲁·怀斯(Andrew Wise)在"书业公会登记簿"(Stationers's Rigister)上注册,剧名题的不是历史剧,而是《理查二世的悲剧》(*The tragedie of King Richard the second*)。年底前,印刷商瓦伦丁·西梅斯(Valentine Simmes,1585—1622)印行第一四开本,但标题页并未出现"莎士比亚"的名字。

一般认为,第一四开本根据一份手抄稿——也许是经莎士比亚的原稿或二手抄本改编整理。因伊丽莎白女王曾自比理查二世,印行第一四开本时,删除了第四幕第一场理查王被废黜一场戏,以便顺利通过剧场或宫廷娱乐审查官埃德蒙·泰尔尼(Edmund Tylney,1536—1610)的审查,以避免万一刺激女王,惹祸上身。

除了第一四开本,在 1623 年第一对开本《莎士比亚全集》中标题为《理查二世的生与死》(*The Life and Death of King Richard the Second*)之前,还有四个四开本:1598 年,印行第二四开本和第三四开本;1608 年,印行第四四开本;1615 年,印行第五四开本。需要指出的是,在全部莎剧中,除了《泰尔亲王伯里克利斯》(*Pericles,Prince of Tyre*)(旧译《泰尔亲王配力克里斯》),《理查二世》既是唯一一部一年之中印行两版的莎剧,也是两年中连续印行三版的唯一莎剧,可见当初多么受欢迎。

关于五个四开本之异同,简述如下:

第一,第一四开本是个"好四开本",但错误不少。

第二,第二四开本根据第一四开本印行,不仅旧错未改,而且添了百余处新错,但莎士比亚的名字首次出现在标题页上。

第三,第三四开本对第二四开本中的错误有所校正。

第四,据 1603 年 6 月 25 日"书业公会登记簿"显示,安德鲁·怀斯把《理查二世》《理查三世》和《亨利四世》(第一部)的出版权转让给印刷商马修·劳(Matthew Law)。此后不久,马修·劳根据第三四开本印行第四四开本,首次添上前三个四开本缺失的理查王被废黜那场戏。不过,对于这增补的 165 行台词是否依据莎士比亚原稿而来,只能单凭推测,不外两种可能:是莎士比亚的手笔,或由剧团演员靠记忆补写。

第五,第五四开本根据第四四开本印行,貌似版本价值不大,但假如这个说法属实,即第一对开本是根据一本改过的第五四开本印行,那它也并非可有可无。

第六,事实上,没人说得清 1623 年的第一对开本依据的到底是哪个四开本。

总之,第一对开本未将之前五个四开本中各自存在的错误全部改正,而且,不仅出了新错,还为了舞台表演的需要,刻意删掉 51 行,即便如此,它也堪称排印最好的版本。从理查王被废那场戏,从对场次的区分、对台词的分配、对脚本的阐释,以及增加的"舞台提示"来看,它或许最为接近(没准就是)莎士比亚所属内务大臣剧团的演出脚本。

二、原型故事

英国编年史家拉斐尔·霍林斯赫德(Raphael Holinshed,1529—1580)所著《英格兰、苏格兰及爱尔兰编年史》(以下简称

《编年史》)(*The Chronicles of England, Scotland, and Ireland*)，无疑是莎剧《理查二世》"原型故事"的主要来源。这部著名的《编年史》于1577年初版，首印时为五卷本。十年后的1587年，出第二版时改成三卷本。1590年，莎士比亚开始写戏。

第二版修订本《编年史》为莎士比亚编写历史剧提供了丰富的原材料，《理查二世》《亨利四世》(上下篇)、《麦克白》中的有些剧情，以及《李尔王》和《辛白林》中的部分桥段，均取材于此。

除了这部《编年史》，莎剧《理查二世》还从别处或多或少借用、化用了一些原型故事：劳德·伯纳斯(Lord Berners，1467—1533)英译的法国中世纪作家、宫廷史学家让·弗鲁瓦塞尔(旧译傅华萨，Jean Froissart，1337—1450)写于十四世纪的《英格兰、法兰西、西班牙及邻国编年史》(*Chronicles of England, France, and Spain and the adjoining countries*)，这部《编年史》被视为描写英法百年战争前50年及两个王国骑士文化("骑士的礼仪")的重要来源；1548年出版的律师、议员、史学家爱德华·霍尔(Edward Halle，1497—1547)的《编年史》(*Chronicles*)(全称《兰开斯特和约克两个贵族世家的联合》(*The Union of the two noble and illustre famelies of Lancastre & Yorke*)；诗人、剧作家，只比莎士比亚年长三个月的克里斯托弗·马洛(Christopher Marlowe，1564—1593)的剧作《爱德华二世》(*Edward the Second*)；塞缪尔·丹尼尔的《内战》；无名氏作者的一部旧戏《伍德斯托克的托马斯》(*Thomas of Woodstock*)；律师、作家托马斯·弗瑞(Thomas Phaer，1510—1560)的《官长的借镜》(*A Mirror for Magistrates*)(1559)。

另外,还有三本法文书值得一提:

第一本是让·克莱顿(Jean Creton, 1386—1420)所著《英格兰理查国王之历史》(*Histoire du Roy d'Angleterre Richard*)。

作者克莱顿身份独特,十四世纪末,他是法兰西国王查理四世(Charles VI, 1368—1422)的贴身男仆,1398 年来到英格兰,1399 年 5 月,随英王理查二世远征爱尔兰,两个月后,与索尔兹伯里伯爵(Earl Salisbury)一起被送回威尔士,在康威城堡(Conway Castle)等候理查王归来。他没想到,先后等来了诺森伯兰伯爵和布林布鲁克。诺森伯兰命克莱顿和理查王的主要侍从跟布林布鲁克的传令官离开城堡。克莱顿十分惊恐,担心性命难保,但当布林布鲁克听说他及其伙伴都是法国人,承诺保证他们人身安全。这使克莱顿得以目睹理查王在城堡前如何与布林布鲁克见面、被捕。同年,克莱顿回到法国,怀着对理查王的同情、悲伤,写下这本英格兰游记,其中详尽描述了理查王遭废黜的全过程。后来,这本游记由约翰·韦伯(John Webb)译成英文,题为《一个法国人眼里理查王被废黜的历史》(*Translation of a French History of the Deposition of King Richard*)。

第二本《叛乱和英格兰理查国王之死编年史》(*Chronique de la traison et Mort de Richard Deux Roy Dengleterre*)(1412)出自无名氏之手。这本"编年史"从 1397 年瓦卢瓦的伊莎贝尔(Isabel of Valois)嫁给理查王起始,写到理查王被废、被杀,伊莎贝尔回到法国结束。其同情的文笔似乎透露出作者可能是伊莎贝尔的家人。

第三本是让·勒博(Jean Le Beau)的《理查二世的编年史》

（*La Chronique de Richard II*）。

  需要说明一点，在莎士比亚时代，前两本只有抄本行世。诚然，对于莎士比亚是否看过这三本书只能推测。不过，这三本书对理查王的同情笔调，或对莎士比亚塑造理查王形象产生了影响。从莎剧《理查二世》可明显看出，莎士比亚对理查王不无同情。

  显然，莎士比亚是幸运的！对于不熟悉莎士比亚如何从各种原型故事里汲取"编"剧灵感的读者来说，他那些债主们的作品早已被遗忘。简言之，若不知莎士比亚如何写戏，根本无从知晓他都找谁"借"过东西。也就是说，在读者脑子里，莎士比亚是一个亘古未见的原创作家。实则非也！

  今天的莎迷们极难想象莎士比亚是一个跟剧团签了合同、每年必须拿出一悲一喜两部戏，只图"写"戏尽快上演并能卖座的编剧。这样一来，他哪有那么多闲工夫，像考古似的挖掘原型故事？只能怎么得心顺手怎么"编"。

  关于这部戏的写作，莎学界早有一个说法，认为莎士比亚写之前，舞台上已有一部同名"旧戏"在演，莎剧《理查二世》只是对这部"旧戏"的改写。多佛·威尔逊（Dover Wilson，1881—1969）在其主编的《剑桥新莎士比亚·理查二世》（1921—1969）导言中说过这样一段耐人寻味的话：

    他那些无名的前辈们对英国历史烂熟于心，早替他把各种编年史精读一遍，把各种关于理查覆灭的资料加以消化，写成一部戏，留待他修改。那时，剧场生意红火。他所属剧团于1594年重建新组,急于赚钱,一来可以赚回1591—1594年因瘟疫导致剧场关闭造成的损失,二来可与唱对台戏的海军大臣剧团(Admiral's Men)一比高下。莎士比亚是剧团的主要编剧,但在那段时间,他很可能是剧团的唯一编剧。另外,据我们所知与莎士比亚相关的一切而言,可否有理由假设,对于莎士比亚来说,哪条路最省力,他就走哪条路。没什么理由让我相信,为写《理查二世》,他会比写《约翰王》更加费事地去读霍林斯赫德或其他什么人的任何一部编年史。丹尼尔的史诗、一个演员对《伍德斯托克的托马斯》所知的一切,以及我们设想的由当初写《动荡不安的约翰王时代的统治》(*The Troublesome Reign of King John*)的作者所写的剧作,把这些加在一起,便足以解释清楚一切。

庆幸的是,对莎士比亚而言,这一说法仅仅是假设。否则,这意味着,莎士比亚只是一个用最省事的法子改写别人旧戏的二道贩子,倘若如此,他将退居二流、三流编剧的行列,甚至根本不入流。

总之,莎士比亚写《理查二世》"费事地"花了心思、下了功夫。按威尔逊所说,《理查二世》第一幕第一场以布林布鲁克和毛伯雷在理查王面前相互指控开场,跟爱德华·霍尔《编年史》的起笔十分相似。换言之,霍尔的《编年史》激发起莎士比亚搭建《理查二世》戏剧架构的灵感。威尔逊相信,像理查王在第三幕第三场那段精彩独白——"国王现在该做什么? 要他投降吗? 国王只能屈从。非要废了他？国王同意退位。他必须丢掉国王的尊号？
啊，以上帝的名义，随它去吧！我愿拿珠宝去换一串念珠；拿辉煌
的宫殿去换一处隐居之所；拿华美的穿戴去换一身受救济者的
衣衫；拿雕花的酒杯去换一只木盘；拿权杖去换朝圣者的一根手
杖；拿臣民去换一对圣徒的雕像；拿巨大的王国去换一座小小的
坟茔，一座特小、特小的坟茔，一座无人知晓的坟茔；——不然，
就把我埋在公路或哪条商贸干道下面，叫臣民的脚随时踩在君
王的头上：因为当我活在世上，他们践踏我的心；一旦下葬，怎能
不踩我脑袋？"都得益于霍尔。

接下来，对莎士比亚如何把从以上各处采集来的原型故事
融入《理查二世》，做一个大致梳理：

第一，在霍林斯赫德《编年史》里的"兰开斯特公爵"（Duke of
Lancaster）在丹尼尔的《内战》里，称呼变为"冈特的约翰"（John of
Gaunt），莎士比亚顺手拿来，并把布林布鲁克名字的拼写"Bol-
ingbroke"变为"Bullingbrook"，使其具有了内含"brook"（溪流）的
双关含义。

第二，莎士比亚把丹尼尔笔下伤感的王后形象做了深入刻
画。伊莎贝尔嫁给理查二世时，年仅七岁，三年后，理查王被废、
被杀时，她也不过十岁。莎士比亚把她变为一位成年王后。

第三，莎剧《理查二世》第五幕第二场、第三场奥默尔参与
要在牛津谋害布林布鲁克（亨利四世）的戏，可能直接源自霍尔
的《编年史》；第四幕第一场卡莱尔主教"这位骄傲的、刚被你们
尊为国王的赫福德大人，是一个邪恶的叛徒；……英国人的血
将作为肥料浇灌这片国土，……这片国土将化为尸骨遍布的各

各他（骷髅地）"那一大段预言,第五幕第一场理查王"缓慢的冬夜,……他们在追悼一位遭废黜的合法国王"那一大段悲叹,取自丹尼尔的《内战》。

需要说明的是,丹尼尔笔下的布林布鲁克对财富的追逐始终大于政治野心;到了莎士比亚笔下,这位新国王也似乎更在乎物质利益。另外,莎士比亚省掉了《内战》中诺森伯兰在弗林特城堡前使诈诱捕理查王的那段情节,之所以如此,意在凸显理查王的倾覆是咎由自取。

第四,莎剧《理查二世》第二幕第一场冈特严词谴责理查王的场景,取自《伍德斯托克的托马斯》第四幕第一场:在剧情处理上,莎士比亚把冈特摆在理查王身边那些马屁精的对立面,多少受到《伍德斯托克的托马斯》剧中格罗斯特公爵(伍德斯托克的托马斯)这一形象的影响。

第五,霍林斯赫德《编年史》对冈特死后理查王剥夺他的全部财产, 描述十分简单:"兰开斯特公爵在他位于伦敦霍尔本(Holborne)的伊利主教府邸(Elie's palace)去世后,葬于圣保罗大教堂主坛北面他第一任夫人布兰奇(Blanch)的墓旁。公爵之死给这个王国的臣民提供了更加痛恨国王的机会, 因为他一手攫取了原属于公爵的所有财产,夺取了理应由赫福德公爵(布林布鲁克)合法继承的所有土地的租税,并把此前颁授给他的特许证书予以废除。"

莎剧《理查二世》对此进行了拓展:第一幕第四场,理查王在探望临终的冈特之前,已放出话来,要将冈特的财产充公,作为贴补远征爱尔兰的军饷。但莎士比亚处理剧情时颇为谨慎,给人的感觉似乎是，理查王决定没收冈特的所有财产，皆因冈特临死前对他严词斥责。冈特正告理查王，布希、巴格特、格林等几个马屁精会叫他看不清自己的病症，这话刺痛了理查王，最后，冈特刚一断气，恼羞成怒的理查王便当着这几个马屁精的面，宣布将冈特的全部财产一律充公。

简言之，莎士比亚通过一连串细节使理查王顺理成章地犯下致命错误，恰如约克在第二幕第一场抗议所言，此乃以君王意志凌驾于法律之上。正是这一不可理喻的暴行，为理查王的覆灭埋下"引信"。

第六，莎士比亚对霍林斯赫德《编年史》最富戏剧性的情节拓展是叫诺森伯兰逼迫理查王高声朗读霍林斯赫德在《编年史》里详列的 33 条"指控状"，而历史上的理查王则是私下签署的退位书。另外，莎士比亚安排理查王通过讨要一面镜子避开对他不依不饶的诺森伯兰，并手拿镜子搞了一出自怨自怜的表演，最终迫使布林布鲁克并未逼他非读"指控状"不可。

显然，镜子这场戏在一定程度上深化了主题，尤其意在暗示：理查王一旦失去王位，便成为幽灵般的存在，使布林布鲁克刚登上王位便恨不得赶紧除掉他，为理查王之死设下伏笔。

综上所述，莎剧之所以被后世奉为经典，自然跟莎士比亚作为一名天才编剧，除了会采集原型故事，更会发明创造密不可分，《理查二世》中这样两场精彩的情景便属于莎士比亚的原创：

第一个情景发生在第三幕第四场，约克公爵府的园丁及其仆人以修剪草木比喻治国理政，讥讽理查王"没像我们修整花园似的治理国家"，把英格兰王国这座花园祸害得不像样子："眼下，咱这以海为墙的花园，一整个国土，长满野草，最美的花儿都憋死了，果树没人修剪，树篱毁了，花坛乱七八糟，对身体有好处的药草上挤满了毛毛虫。"

第二个情景发生在第四幕第一场，威斯敏斯特宫大厅，理查王面对布林布鲁克手持镜子暗自神伤："皱纹还没变深吗？悲痛屡屡打我脸上，却没造成更深的创伤！——啊，谄媚的镜子，你在骗我，跟我得势时的那些追随者们一样！这还是那张脸吗？每天在它屋檐下要养活上万人。这就是像太阳一样刺得人直眨眼的那张脸？这就是曾直面那么多恶行，终遭布林布鲁克蔑视的那张脸？易碎的荣耀照着这张脸，这张脸正如荣耀一样易碎。"说完，将镜子摔在地上："瞧它在这儿，碎成了一百片。"

除了以上两处，第一幕第二场冈特与格罗斯特公爵夫人和第五幕第三场约克与这位公爵夫人的戏，还有像冈特临死前的情景以及诺森伯兰、珀西父子俩参与支持布林布鲁克取代理查王的篡位行动，都是莎士比亚的专利。

三、君王之罪谁人定？

1. 莎士比亚历史剧的前后关联

莎士比亚一生共写下十部历史剧，按约定俗成的写作时间排序，先后为"第一个四部曲"：《亨利六世》（上中下，1590—1591）和《理查三世》（1593）；然后是"第二个四部曲"：《理查二世》（1595）、《亨利四世》（上下，1597）、《亨利五世》（1598）；另外两部是《约翰王》（1596）和与约翰·弗莱彻（John Fletcher，1579—1625）合写的《亨利八世》（1612）。

顺便一提,弗莱彻是詹姆斯一世(King James Ⅰ,1566—1625)时代的剧作家,也是莎士比亚所属"国王剧团"(King's Men)的同事,除了《亨利八世》,他还与莎士比亚合写过两部悲喜剧:《两个贵族亲戚》(*The Two Noble Kinsmen*)和《卡丹纽》(*Cardenio*)(又名《将错就错》,后来失传)。两剧均写于1613年,这之后,莎士比亚从伦敦告老还乡,回到埃文河畔的斯特拉福德,三年后去世。

若按莎剧中塑造的这些国王们历史上的在位时序排位,这十部戏的先后次序应为:《约翰王》,"第一四部曲":《理查二世》《亨利四世》(上下)、《亨利五世》,"第二四部曲":《亨利六世》(上中下)、《理查三世》和《亨利八世》。

简言之,这10部戏以舞台剧形式折射出英格兰王国从约翰王(King John,1166—1216)1199年登上国王宝座,到1547年亨利八世(Henry Ⅷ,1491—1547)去世近三个半世纪"莎士比亚的英国史",其中尤以两个相连的四部曲,集中展现了从1377年继位的理查二世(Richard Ⅱ,1367—1400)到1485年覆灭的理查三世(Richard Ⅲ,1452—1485)"莎士比亚的百年英国史"。

诚然,在约翰王到理查二世之间,有亨利三世(Henry Ⅲ,1207—1272)、爱德华一世(Edward Ⅰ,1239—1307)、爱德华二世(Edward Ⅱ,1284—1327)和爱德华三世(Edward Ⅲ,1312—1377)四位国王;在亨利六世(Henry Ⅵ,1421—1471)和理查三世之间,有爱德华四世(Edward Ⅳ,1442—1483)和爱德华五世(Edward Ⅴ,1470—1483)两位国王;在亨利八世之前,还有一个亨利七世(Henry Ⅶ,1457—1509),这七位国王莎剧中都没写。

纵观这 10 部历史剧，撇开远在 13 世纪的约翰王和最后一个亨利八世，两个四部曲几乎全景呈现了从 1399 年篡位登基的亨利四世(Henry Ⅳ，1367—1413)开始，历经亨利五世(Henry Ⅴ，1397—1422)，直到亨利六世结束整个六十多年的兰开斯特王朝(House of Lancaster)的历史变迁。生于 1564 年、卒于 1616 年的莎士比亚生活的时代，则横跨了都铎王朝(House of Tudor)亨利八世之女伊丽莎白一世(Elizabeth Ⅰ，1533—1603)和斯图亚特王朝(House of Stuart)的开朝之君詹姆斯一世两个时代。

虽说莎剧中的英国历史并非真实的英国历史，莎剧也只为写人物，不为写历史，但莎士比亚塑造的这些国王们，有一点是严格按史实而来的：约翰王、亨利四世、理查三世是篡位者，理查二世、亨利五世、亨利六世、亨利八世都是合法继承王位。莎剧《理查二世》正是截取理查二世执政的最后两年，艺术再现亨利·布林布鲁克废黜理查王，成为新王亨利四世的历史。

单从写作时间看，写于 1590 年的《亨利六世》(中)，1594 年在伦敦书业公会以《约克和兰开斯特两家望族的争斗》(*Contention of the Two Famous House of York and Lancaster*) 登记在册，是莎士比亚的第一部历史剧；写于同年的《亨利六世》(下)，即《约克的理查公爵的真实悲剧》(*True Tragedy of Richard Duke of York*)，是其第二部历史剧；写于 1591 年的《亨利六世》(上)是其第三部历史剧。

不过，由《亨利六世》(中下)两剧中的两段台词或可推定，莎士比亚在动笔之初，不仅心里已有写国王系列剧的打算，而且在艺术上有了大致构想：即围绕王位继承权这一核心主题，戏剧性地挖掘这些国王们什么前因招致什么后果的历史命运。毋庸讳言,这一构想应直接源于霍尔《编年史》前言中的这句断语——"国王亨利四世乃大混乱、大分裂的源头、祸根。"

先看《亨利六世》(中)第二幕第二场,约克公爵向索尔斯伯里和沃里克讲述自己享有王位继承权,追溯到爱德华三世及其七个王子(七在当时是幸运数字),并将七个王子逐一列举,随后,以理查二世之死梳理了历史脉络:

> 爱德华黑王子在他父亲生前已过世,留下独子理查,爱德华三世死后,理查继承王位,直到冈特的约翰的长子、继承人兰开斯特公爵亨利·布林布鲁克加冕成为亨利四世,他夺取王国,废黜合法国王,把理查可怜的王后送回法国娘家,把理查送到庞弗雷特:就在那儿,如你们所知,他用奸计害死了无辜的理查。

再看《亨利六世》(上)第二幕第五场,关在伦敦塔中的埃德蒙·莫蒂默伯爵,对他侄子理查·金雀花(Richard Plantagenet, 1469—1550)——未来的约克公爵、法兰西摄政王说:

> 亨利四世,当今这位国王的祖父,把他堂兄——爱德华三世的长子,爱德华国王的合法继承人、第三代嫡亲,给废了。他在位期间,北方的珀西父子对他非法篡位心怀抱怨,竭力拥戴我继承王位。

接着看《理查三世》第三幕第三场,关在庞弗雷特城堡将被处死的里弗斯勋爵,想起理查二世死在这里,不由悲从中来:

> 啊,庞弗雷特,庞弗雷特!啊,你这血腥的牢狱!贵族们
> 的不祥之地,死亡之所!
> 在你罪恶的围墙里,在这儿,理查二世被砍死了。而
> 且,为让你这惨淡之地更遭诽谤。
> 我们把无辜的鲜血供你啜饮。

在此,回首看一下《亨利五世》第四幕第一场结尾处,决定生死的阿金库尔战役即将打响,亨利五世祈祷上帝:

> 别在今天,啊!上帝,啊!别在今天,想起我父王图谋王
> 位的罪孽!理查的骸骨,我已重新埋葬;我为他洒下痛悔的
> 泪水,比他遇害时流的血还多。

总之,布林布鲁克是英格兰王国有史第一位谋朝篡位的国王,攫取理查二世的王冠,成了他当上亨利四世之后不时忏悔的君王之罪,并不断招致贵族、主教们兴兵反叛,因此,早在他登基之初(《理查二世》剧终落幕之前),便立誓要以远征耶路撒冷来赎罪:"我要做一次远航,前往圣地,/ 把这血污从罪恶之手上清洗。"

也许理查王到死都没想明白:他像先辈国王们一样,自认为在国王加冕典礼上涂了圣油,就是上帝在尘间的代理人,如第三

幕第二场卡莱尔主教安慰从爱尔兰回到威尔士的理查王所言:"既然上帝以神力使你为王,他就有力量不顾一切让你保有王位。"何以被废?

千真万确,理查二世是合法的国王。但他是治国有方的合格君王吗?

君王之罪谁人定?如第四幕第一场,当布林布鲁克在威斯敏斯特宫大厅刚向议会宣布"以上帝的名义,我登上国王的宝座"之时,卡莱尔主教随即发出天问:"以圣母玛利亚起誓,上帝不准!……哪个臣民能给国王定罪?在座的谁不是理查的臣民?对罪恶昭著的盗贼尚不能缺席审判;何况对上帝威严的象征,他的统帅、他的管家、他选定的代理人,涂过圣油、加冕过、掌权多年的一国之君?"

难道莎士比亚只管写戏,不管解答?

也许答案在《亨利五世》里。

2. 理查二世的真实历史

1376 年 6 月 8 日,还有一周将满四十六岁的"黑太子"爱德华(Edward the Black Prince, 1330—1367)病逝。

在爱德华三世(Edward Ⅲ, 1312—1377)统治下的英格兰,这位深得国民拥戴的黑太子,是英法战争中为英格兰赢得 1346 年克雷西战役(Battle of Crecy)、1356 年普瓦捷战役(Battle of Poitiers)、1367 年纳赫拉战役(Battle of Najera)、1370 年血洗叛城利摩日(Limoges)而威震法兰西的伟大英雄。他的死对爱德华三世是致命一击,也使国民对未来的希望破灭了。

黑太子病故,他年仅九岁的长子、波尔多的理查(Richard of

Bordeaux）成为王位第一顺位继承人。

1377 年 6 月 21 日，爱德华国王辞世。7 月 16 日，加冕典礼在威斯敏斯特大教堂举行，英格兰迎来上帝赐予的新国王，也是金雀花王朝（House of Plantagenet）最后一位国王。

十岁的理查二世庄严宣誓：维护祖先法律和旧有习俗，保卫教会，为所有人主持公道，遵守国民公正合理选择的法律。新王接受涂油礼，成为上帝膏立的国王，随后接过象征王权的权杖、宝剑和戒指，最后，由坎特伯雷大主教西蒙·萨德伯里（Simon Sudbury，1316—1381）加冕。

庄严盛大的加冕典礼、万民的欢呼，烙印在十岁理查的脑海。由此联想一下莎剧《理查二世》第五幕第五场，马夫前来探望关在庞弗雷特城堡地牢里的理查王，对他说，加冕典礼那天，布林布鲁克骑着"我精心侍弄过的宝马"，走过伦敦街头，接受万民欢呼，"甭提心里有多难受！"

此处显出莎士比亚的匠心，他让理查王问马夫："告诉我，高贵的朋友，那马驮着他走起来什么样儿？"这句再平常不过的话，已把理查王的心扎出了血。因为此时，对理查王而言，只有马夫这位"朋友"是真正"高贵的"。曾几何时，这位合法国王被那些"高贵的"马屁精们害惨了。马夫回答，那匹马"傲气十足，似乎没把地面放眼里"。理查王不由骂了两句，随即反问："它没要把那个篡位上马的高傲家伙的脖子摔断吗？马呀，宽恕我！我为何要辱骂你，你生来不就是任人驾驭、由人骑乘的吗？我生来不是一匹马，可我却像驴一样驮着重物，由着那策马腾跃的布林布鲁克踢刺、磨损，弄得筋疲力尽。"从这样的描写可以明显感到，莎士比亚对理查王心生悲悯之情。

理查王 1377 年继位,1399 年遭布林布鲁克废黜,1400 年被杀,前后历时二十三年,而莎剧《理查二世》只写了他最后两年。简言之,前二十年的因,造成后两年的果。为便于深入解读剧情,在此将可与剧情建立关联的史实做一简要梳理:

1379 年,黑死病席卷英格兰,持续了四年。

1380 年,为凑足军饷,抵御法国,议会宣布向全国征收人头税,导致 1381 年爆发由瓦特·泰勒(Wat Tyler)领导的英格兰历史上第一次大规模农民起义(暴动)。泰勒的起义军攻陷伦敦城,大肆劫掠、四处放火,许多贵族、大臣、商人被杀,连躲在伦敦塔里、给理查二世加冕的萨德伯里大主教也未能幸免,被冲进来的暴民杀死;布林布鲁克多亏被一名士兵藏进壁橱,才逃过一劫,否则,便没有后来的亨利四世。据 1422 年去世的编年史家托马斯·沃尔辛厄姆(Thomas Walsingham)描述,暴民的吵嚷喧哗不像人类发出来的声音,堪比地狱居民的鬼哭狼嚎。

伦敦陷入混乱,英格兰前途未卜。在暴乱持续的危急关头,年方十四岁的理查二世将瓦特·泰勒约到伦敦郊外的史密斯菲尔德(Smithfield)演武场会面谈判。泰勒不知是计,身边只带了不多的随从。谈判中,双方发生混战,伦敦市长威廉·沃尔沃思爵士(Sir William Walworth)抽出匕首,给了泰勒致命一击。身负重伤的泰勒挣扎着骑马逃回本部,嘴里喊着国王背信弃义,落马而死。起义军正欲弯弓搭箭,却看到国王催马前来,高声断喝:"我是你们的国王,你们理应服从我。"暴民们瞬间被震慑住,纷纷放下武器,向国王鞠躬。等国王的援军赶到,遂将暴民逐出伦敦,避免了一场流血的暴力冲突。

可见,若不熟悉中古英格兰历史,单从莎剧《理查二世》读不出这位最后惨遭废黜的国王,曾多么富有少年英主的超凡胆略。是的,谈判时,泰勒向他提出要求"……英格兰应只有一名主教,……英格兰不应再有奴仆、农奴或佃农,人人应享有自由、平等"。他假意应承,全部答应。平息暴乱以后,他开始残忍复仇,对那些讨要权利的起义者说:"你们是农奴,并将永世为奴;你们永远是奴才……蒙上帝恩典,我统治这个王国,我将……永远奴役你们,让你们当牛做马,以警后人!"

1381年,理查王迎娶波西米亚的安妮(Anne of Bohemia,1366—1394)为英格兰王后。

随着年龄增长,为强化王权统治,理查王开始培育像剧中布希、巴格特、格林那样的亲信马屁精;与年纪稍长的贵族,尤其是自己的三个叔叔,冈特的约翰兰开斯特公爵、兰利的埃德蒙剑桥伯爵和伍德斯托克的托马斯白金汉伯爵,渐行渐远,招致一些贵族和主教的强烈不满。

1384年,在索尔斯伯里(Salisbury)召开议会,阿伦德尔伯爵(Earl Arundel)直言批评理查王败坏朝纲,理查王气得脸发白,怒斥道:"你竟敢说败坏朝纲全是我的错!胡扯!滚去见魔鬼吧!"

1385年,理查王又与坎特伯雷大主教威廉·考尼特(William Courtenay,1342—1396)发生争吵,考尼特批评理查王治国无方,激怒了理查王,他当场拔剑要把这位主教砍了。

读过《理查二世》,自然不会对贵族和主教敢于批评国王感到陌生,在剧中,无论临死前的冈特的约翰,还是约克公爵、卡莱尔主教,都对理查二世有过直言犯上的强烈批评和指斥。

随着时间推移,理查王统治下的英格兰王国开始陷入内外交困之中。外部,北伐苏格兰的英军无功而返,法兰西国王查理六世(Charles Ⅵ, 1368—1422)建立起一支准备入侵英格兰的史上最强的舰队;内部,理查王先授予亲信好友罗伯特·德·维尔(Robert de Vere, 1362—1392)都柏林侯爵(Marquess of Dublin),使其地位与有王室血统的公爵们不相上下,不久再次擢升其为爱尔兰公爵(Duke of Ireland),又使其将爱尔兰军政大权收入掌中,完全与理查王的三个叔叔平起平坐。

与此同时,理查王与议会的矛盾日益激化,他的神经质偏执越来越厉害。在1386年10月的议会上,面对贵族、议员们的劝诫,理查王大发脾气:"我早知道,我的臣民和平民议员有不臣之心,图谋不轨,……面对这样的威胁,我觉得最好的办法是寻求我的亲戚——法兰西国王的支持,帮我镇压敌人。我宁可向他称臣,也不向臣民屈服。"

无奈之下,格罗斯特公爵(伍德斯托克的托马斯)和阿伦德尔伯爵向这位不可理喻的年轻国王委婉提及之前爱德华二世(Edward Ⅱ, 1284—1327)被废黜之事,才使理查平息肝火,并不得已答应改革,撤掉了萨福克伯爵迈克尔·德·拉·波尔(Michael de la Pole, Earl of Suffolk, 1330—1389)等一批心腹宠臣。因此,以格罗斯特公爵和阿伦德尔伯爵为首的"上诉派贵族"(Lords Appellant)赢得了这次议会,史称"美妙议会"("Wonderful Parliament")——它要求每年定期召开议会,而且国王必须参加,同时还指定组建一个为期一年的改革委员会。如此一来,理查的王权成了摆设。

1387年2月,不甘失去王权的理查王离开伦敦,打算借巡游之机聚集王党,成立忠于自己的御前议会。与此同时,在伦敦的"上诉贵族们"提出动议,要求清洗内廷,罢免包括德·拉·波尔和德·维尔等五位国王宠臣。

理查王试图招募一支军队,却得不到各郡支持,他只能指望德·维尔。德·维尔率军向伦敦进发,他的对手十分强大,除了"上诉派贵族"代表格罗斯特公爵、沃里克伯爵(Earl of Warwick,1338—1401)和阿伦德尔伯爵,还有冈特的约翰之子、当时头衔是德比伯爵(Earl of Derby)的布林布鲁克和诺丁汉伯爵(Earl of Nottingham)托马斯·毛伯雷新晋加盟。双方交战,德·维尔兵败,纵马跳入泰晤士河,得以逃生。

1388年2月,"残忍议会"("Merciless Parliament")开幕。贵族和平民代表齐聚威斯敏斯特宫。五位身穿金线华服的上诉贵族,趾高气扬,手牵手一同步入大厅,瞪了一眼国王,然后屈膝行礼。理查王列席了持续近四个月的议会,目睹自己所有的宠臣、亲信、盟友,一个个有的被缺席审判定为叛国罪,有的遭受绞刑、开膛、斩首。他恳求饶过一位老臣的性命,被格罗斯特公爵断然拒绝,二人大吵,险些动手。

这次"残忍议会"对二十一岁的理查王堪称奇耻大辱!

此后,理查王为重新拥有王权,先与刚从西班牙卡斯蒂利亚(Castilla)回国的王叔冈特的约翰兰开斯特公爵修复关系,在他的帮助下,王权势力逐步恢复。1389年5月,理查在议会发表亲政宣言。1390年3月,在冈特的约翰协调下,御前会议达成一项协定：所有财政意向须得到国王的三个叔叔（兰开斯特公爵、格罗斯特公爵、约克公爵）一致批准。表面妥协的国王得以与"上诉贵族们"合作，朝政也开始良性运转起来。

但随后不久发生的两件事透露出，这分明是一个有人格缺陷或心理障碍的国王：第一件事，1394 年 6 月 7 日，安妮王后去世，7 月 29 日在伦敦举行葬礼，理查王招呼所有贵族参加。阿伦德尔伯爵迟到，面见国王时，竟被理查王猛击面部，满脸是血倒在地上；第二件事，1395 年 11 月，理查王的昔日宠臣爱尔兰公爵德·维尔的遗体送回英格兰下葬：他当年兵败流亡法兰西后，于 1392 年去世，死后尸体做了防腐处理。许多贵族拒绝参加德·维尔的葬礼，尽管如此，理查王依然下令打开棺材，给这位昔日好友僵冷的手指戴上一枚金戒指，对着他的面庞凝视良久。

而几乎同一时期发生的另两件事，又使这样一个国王赢得了国民的信任：第一件事，1394—1395 年，理查王为期八个月远征爱尔兰取得胜利，结束了爱尔兰的混乱局面，取得了自亨利二世（Henry II，1133—1189）以来的最大成就；第二件事，1396 年 3 月，与法兰西瓦卢瓦王朝缔结为期二十八年的停战协定，并将迎娶查理六世（Charles VI，1380—1422）年仅七岁的女儿伊莎贝拉为新王后。

一切似乎预示着英格兰将沐浴在和平里，但理查王越来越从心底钦佩曾给王国带来分裂、暴力、腐败和流血，最后死于谋杀的爱德华二世（Edward II，1284—1327）。显然，这对英格兰不是一个好兆头！

1397 年，理查王三十岁，早已成年，但他始终对自己的王权统治缺乏安全感。对此,同样可以通过两件事看出来:第一件事,发生在十年前的 1386 年,当时,理查王曾向格罗斯特公爵和阿伦德尔伯爵吼道,如有必要,他会为保住王位,邀请法国人入侵英格兰;第二件事,正是第一件事的前因导致的后果,在不久前与法国谈判签署停战协定的过程中,理查王希望在条约中加上一条:如有必要,查理六世有义务出兵,帮英格兰国王镇压反叛。虽说这一条最终未能加入条约,却足以引起"上诉派贵族"的惊恐。

7 月,理查王开始复仇,他突然下令逮捕了"上诉派贵族"中的三位——与自己对抗了十年之久的格罗斯特公爵、阿伦德尔伯爵和沃里克伯爵。这可以说是一起由国王亲自发动的宫廷政变。三个人的最终命运是:阿伦德尔伯爵被以冈特的约翰主持的议会定为犯下叛国罪,用剑斩首;沃里克伯爵在议会上痛悔不已,哀求饶过老命,理查王判处他流放英格兰与爱尔兰之间的马恩岛(Isle of Man),终身监禁。格罗斯特公爵先被押往加来(Calais)的监狱,后诺丁汉伯爵托马斯·毛伯雷受理查王之命将其害死,恰如莎剧《理查二世》开场不久,布林布鲁克向理查王指控毛伯雷那样:"是他谋害了格罗斯特公爵:他先诱惑格罗斯特轻信了自己的敌人,然后再像个险恶的懦夫似的,让公爵无辜的灵魂在血泊中流走。"不过,莎剧中并未写明,国王正是害死格罗斯特公爵的幕后黑手。

9 月底,理查二世肃清了所有政敌,终将王权牢牢攥在手里。此后,为进一步巩固王权,他恩威并重,一面把从政敌那里没收来的土地赏赐给勤王有功的忠臣,一面下令叫所有参与过"残忍议会"的贵族花钱赎罪。除此,他还专门颁布了一条惩治贵族欺君罔上的法令。至此,理查二世已成为英格兰历史上第一个专制、苛政、暴虐之君。

然而在这次理查王的复仇之战中,他不仅暂时放过了"上诉派贵族"中的三位:冈特的约翰(兰开斯特公爵)、布林布鲁克(德比伯爵)和托马斯·毛伯雷(诺丁汉伯爵),还把布林布鲁克擢升为赫福德公爵(Duke of Herford),把毛伯雷擢升为诺福克公爵(Duke of Norfolk)。理由很简单:年迈的老冈特为金雀花王朝效力不少,对理查王夺回王权起了作用;堂弟布林布鲁克似乎还值得信任;毛伯雷帮自己除掉了最大的政敌之一格罗斯特公爵。

但没过多久,理查王向这两位年轻贵族下手了。在莎剧《理查二世》中,两位公爵向理查王"互相指控谋逆叛国",最后,国王让两人以决斗来解决争执:"既然我不能叫你们和好,准备吧,圣兰伯特节(9月17日)那天,在考文垂,到时拿你们的命一决生死。"

真实的历史情形比剧情要复杂:二人的矛盾源于布林布鲁克在1398年一次议会上,告知国王和与会贵族,毛伯雷对国王向"上诉派贵族"复仇惊恐万状,深感自己和布林布鲁克很快会完蛋。布林布鲁克说,毛伯雷告诉他,他们得到的赦免令一钱不值,国王正密谋铲除兰开斯特家族。也就是说,国王要将老冈特和他儿子布林布鲁克从王朝继承顺位排序中彻底排除,并把其家族丰厚的全部财产据为己有。后来,理查王确实这样做了,《理查二世》第二幕第一场是这样写的:老冈特死后,理查王马上宣布,为补充远征爱尔兰的军事需要,"我决定将我叔叔冈特所有的金银餐具、金银钱币、家财资产,一律充公。"约克公爵为此反驳:"莫非您想把遭放逐的赫福德所享有的国王授予的权利和其他权利,都一把抓来攥手里？"

莎士比亚既不照搬历史,也没必要交代布林布鲁克和毛伯雷这两位昔日同为"上诉派贵族"的盟友何以反目为仇。因为,若从历史实际情形来看,倒有可能是毛伯雷意欲借国王之手除掉兰开斯特家族这个政治对手。而对国王来说,这两位曾反对过自己的盟友如今已变成相互指控的仇人,不如趁机把两人一起铲除。于是理查王同意他们俩在考文垂演武场以决斗来证明对国王的忠诚。

1398年9月16日(莎剧中是17日),星期一,来自各地的骑士、贵族、主教及到访的外国权贵云集考文垂演武场。上午九点,赫福德公爵布林布鲁克与诺福克公爵托马斯·毛伯雷将在国王面前一决生死。真实情形与莎剧第一幕第三场相差不多,简言之,当一切按照骑士决斗礼仪就绪以后,决斗双方正欲手持矛枪骑马冲向对方,理查王突然起身,高喊"停下！停下！"所有人不知发生了什么,两个小时之后,布希带来了国王的命令:决斗取消,放逐布林布鲁克十年(后减为六年),毛伯雷终身流放。在剧中,则由主持决斗的典礼官说"停！国王扔了权杖。"随后,国王向两位公爵宣布:"我把你们放逐出境;——你,赫福德老弟,在第十年田野夏收之前,只许在流放的异地踏足,在美丽的领土上一经发现,处以死罪。……诺福克,给你的判决更重一些,……我对你的判决是绝望的四个字:'永不重返',否则以死论处。"

这之后的情形,历史与剧情比较相近,简单说就是:1399年7月,流放在外的布林布鲁克趁理查王出兵远征爱尔兰,国内空虚，从雷文斯堡登陆回到英格兰。尽管他的随行者不过百人，但登陆之后，一大批贵族、骑士赶来投奔，其中包括诺森伯兰之子亨利·珀西。没过多久，布林布鲁克的军队已达十万人，由约克公爵临时组建起来的王军无力阻挡。理查二世坐在康威城堡（Conway castle）——在剧中变为弗林特城堡（Flint castle）——祷告上帝和圣母玛利亚，希望得到法兰西国王的支援。很快，不仅国民们全都拥戴布林布鲁克，最初还想抵抗的贵族们也开始向布林布鲁克的军队投降，甚至理查王过去的几位重要盟友也投靠了布林布鲁克。到8月初，布林布鲁克已成为英格兰的主宰。

诚然，莎剧中的历史都是戏剧化的英格兰史，比如历史上的布林布鲁克与理查王在弗林特城堡会面时，向国王鞠躬行礼，国王称他"亲爱的兰开斯特堂弟"，然后，布林布鲁克告知国王："在您召唤之前，我已回到英格兰，……这二十二年来，您败坏朝纲……因此，我得到国民认可，将辅佐您治国理政。"在莎剧第三幕第三场，布林布鲁克先让诺森伯兰带话给躲在弗林特城堡里的理查王："他（布林布鲁克）此次前来别无他意，只为得到世袭的王室特权，并跪求立即结束流放恢复自由：一经陛下允准，他就会任由闪亮的武器去生锈，把披好护甲的战马关回马厩，真心效忠陛下。"等国王走出城堡，向他投降，他还不失礼节地说："最令人尊崇的陛下，到目前我之所得，是因我的效忠理应得到您的恩宠。"

再比如历史上被囚禁伦敦塔的理查王，在和前来探视的沃里克伯爵的弟弟威廉·比彻姆爵士（Sir William Beauchamp）等几位客人用晚餐时悲叹道："有这么多国王，这么多统治者，这么多

伟人垮台、丧命。国家时刻处于钩心斗角、四分五裂之中,人们相
互残杀、彼此仇恨。"然后讲起英格兰历史上那些被推翻的国王
们。在莎剧第三幕第二场,在威尔士海边的巴克洛利城堡,刚从
爱尔兰回来的理查王对奥默尔说了这么一段话:"……我的国
土,我的生命,我的一切,都是布林布鲁克的,除了死亡和覆盖骸
骨的不毛之地上那一小抔泥土,没什么归我所有。看在上帝分儿
上,让我们坐在地上,说说国王们如何惨死的故事:有些被废黜;
有些死于战争;有些被遭他们废黜的幽灵缠住折腾死;有些被他
们的妻子毒死;还有些在睡梦中被杀;全是被谋杀的:——因为
死神把一顶空心王冠套在一个国王头上……"

又比如历史上的理查王在他缺席的情形下,被议会以列举
出的三十三条罪状废黜,并得到贵族和平民代表的一致拥护。然
后,布林布鲁克从议会席位起立,手画十字,当众宣布:"以圣父、
圣子、圣灵的名义,我,兰开斯特的亨利,在此宣布,因我拥有仁
慈的亨利三世国王的正当血统,英格兰王国、王位及其所有权利
和附属物,均归我所有。……上帝赐我恩典,让我在亲朋援助下,
收复王位。"登上国王宝座后,威斯敏斯特宫大厅响起臣民的欢
呼和掌声。布林布鲁克由此成为兰开斯特王朝的第一位国王。在
莎剧第四幕第一场(第四幕只有这一场),在威斯敏斯特宫大厅,
布林布鲁克当众宣布:"以上帝的名义,我登上国王的宝座。"结
果,卡莱尔主教不仅站出来极力反对,还对英格兰的未来做出预
言:"……英国人的血将作为肥料浇灌这片国土,后世子孙将因
他(布林布鲁克)的邪恶罪行而呻吟……"接着,布林布鲁克命人
把理查王带来,"叫他当众宣布退位,免得有人起疑心。"理查王

来了以后，把王冠、权杖交给布林布鲁克，表示："我摈弃一切盛典仪仗和君王的尊严；我的领地、租金、税收，全都放弃；我的法令、律令、条令，一律废止。"这之后，诺森伯兰逼迫理查王当众宣读"指控状"（未说明多少条罪状）。谁也没想到，这个时候，理查王会讨要一面镜子，然后对着取来的镜子说了一大段富于哲理的独白。最后，布林布鲁克没让理查王读"指控状"，只是命人把他送往伦敦，随即说："我郑重宣布，定于下周三举行加冕典礼。"

事实上，从莎剧对英格兰历史的改写不难觉出，莎士比亚不喜欢这位靠篡位成为亨利四世的布林布鲁克，或也因此，他才会在《亨利四世》（上下篇）中，把哈尔王子（未来的亨利五世）和福斯塔夫塑造得更出彩。当然，从《理查二世》对理查王的刻画也不难看出，莎士比亚对这位最后沦为孤家寡人的"暴君"多少有些同情。他值得吗？

3. 理查与布林布鲁克："井里两个水桶，一上一下在打水。"

说实话，《理查二世》是一部结构简单、剧情单一、人物性格单薄的历史剧。诚然，单从莎士比亚的初衷就是要铆足了劲以"诗篇"塑造理查性格这一点来看，该剧成功了。因为从理查感到将失去王位的那一刻起，他就开始由一个乾纲独断、蛮横无理的国王，变成一个激愤的诗人、一个忧郁的哲人。

对此，该如何解释？

散文集、批评家沃尔特·佩特（Walter Horatio Pater, 1839—1894）在其 1889 年出版的《欣赏：散论风格》（*Appreciation, with an Essay on Style*）一书中，如此论及莎剧中的英国国王："也许没有哪部戏剧充满如此丰富、新鲜、绚丽的辞藻，富于色彩的语言和比喻与其所修饰的词组并非简单连在一起,而是全然融入其中。莎士比亚不由自主地把这些绚丽的辞藻用在他的人物身上,……理查把无韵诗运用得那么优美、娴熟,是音乐的变音,是真正的无韵诗。……莎士比亚为理查精心考虑好,他'高贵的血液'如何随情感的骤变上升或下降。……"

但诗人理查和国王理查是同一人吗?

好在抛出问题便能从智者那里寻得答案。诗人、批评家塞缪尔·柯勒律治(Samuel Coleridge,1772—1834)在其一篇莎剧演讲稿中,这样评论理查的人物性格:"他不失决断之心,在遭谋杀时表现出这一点;也不缺思维能力,全剧都表现出谋略在胸。可他依然十分软弱,反复无常,女人气,多愁善感,鬼使神差,总之,与国王身份不符。处于顺境,他专横粗鲁;处于逆境,(假如我们信约翰逊的话)他虔诚仁慈。对后者我不敢苟同,因为在我眼里,理查的人物性格一以贯之,开始什么样儿,最后还是什么样儿,只是他会见机行事。所以他在开场和结尾时表现出的性格并非两样……从剧情起始到落幕,他不断显出独特的思维能力。他追求新希望,寻找新朋友,他失望、绝望,终把退位变成一个荣誉。他把精力分散在大量想象里,最后又竭力用模糊的思想回避这些萦绕脑际的想象。透过他的整个生涯,人们会注意到一些迅疾的变化:从希望到失望,从无限之爱到极端之恨,从虚假的退位再到最犀利的指责。所有这些,都由大量最丰富的思想活动衔接过渡,若有演员能演好理查这个角色,那他一定比莎剧中任何一个国王更招人喜爱,也许李尔王除外。"

显然,在柯勒律治眼里,理查这种骨子里的性格"一以贯之",从未分裂。若按这个逻辑,便只剩下一个问题:莎剧是如何塑造理查的?

答案其实很简单:莎士比亚手舞鹅毛笔,仅用几大段精彩的独白、对白,便完成了对理查性格的塑造。换言之,在刻画理查这个舞台形象时,莎士比亚只留心理查从国王变成忧郁诗人是否符合戏剧逻辑就够了,不必在意他笔下的理查与历史上的理查是否为同一个人。

著名古典学者蒂利亚德(E. M. W. Tillyard,1889—1965)在其《莎士比亚的历史剧》(*Shakespeare's History Plays*)一书中指出:"理查具有中世纪国王的全部神圣性,作为最后一位这样的国王,他充满了悲剧色彩。莎士比亚很可能意识到了,甭管都铎家族(the House of Tudor)多么强大,并对英国教会拥有无可争议的控制权,他们都不具备像中世纪国王那样的神圣性。因此,他愿向某些反兰开斯特家族(the House of Lancaster)的法国作品学习,把理查塑造成一个殉道者、一个耶稣式的人物,谴责他的人则变成把他交给伦敦暴民的彼拉多们。"

没错,理查直言痛斥那些参与逼他退位的群臣:"不,所有你们这些驻足旁观之人,当我遭受不幸的折磨,——即使你们中有人像彼拉多一样想以洗手表露怜悯,但我终归被你们这些彼拉多送上痛苦的十字架,水洗不掉你们的罪孽。"显然,此处是对《圣经》典故的化用。彼拉多(Pilates)是罗马帝国派驻犹太(Judaea)行省的总督,在耶稣被不满的群众带走钉十字架之前,为逃避良心的谴责,当众以水洗手,以显示自己清白。《新约·马太福音》27:24 载:"彼拉多看那情形,知道再说也没有用,反而可能激起暴动，就拿水在群众面前洗手，说：'流这个人的血，罪不在我，你们自己承担吧。'"另外，关于以水洗去罪孽，《新约·使徒行传》22：16载："你还耽搁什么呢？起来，呼求他的名，领受洗礼，好洁净你的罪！"

如此，便能理解，第四幕理查被废这场大戏，莎士比亚为何这样写了！要知道，历史上的理查是私下签署的退位书，根本没有公开受辱这档子事！

第四幕第一场，仅剩一个国王空头衔的理查被带到威斯敏斯特宫大厅，亲手将王冠交给布林布鲁克。这时，他心有不甘、满怀酸楚地说出那句著名的寓言式诗意比喻的话："王冠归你了：拿着，弟弟，这边是我的手，那边是你的手。现在，这顶金冠像一口深井，井里两个水桶，一上一下在打水，总有一只空桶半空摇晃，另一只下沉，没人看见下沉的桶里装满了水；那个下沉的桶，是盈满泪的我，/ 正啜饮悲痛；你却已升到高处。"

紧接着，便是理查和布林布鲁克这对堂兄弟关于王位易手、王权交替的精彩对白，当然，这一"历史时刻"只属于莎剧舞台。

随后，诺森伯兰递给理查一纸文书，逼他照着宣读自己的罪状，他软中带硬地回应："非这样吗？我非得亲自把编织好的罪恶解开吗？仁慈的诺森伯兰，若把你的罪过都记下来，叫你当着一群如此高贵的听众读一遍，你不觉得丢脸吗？若你愿意读，你会从中发现一项十恶不赦的罪状，——包括废黜国王，违背誓约的强力保证，——天堂名册给谁标上这个污点，谁就会受诅咒下地狱。"在理查脑子里，废黜国王是有罪的。

接着，理查避开诺森伯兰步步紧逼的锋芒，提出要一面镜子，这便又有了持镜的理查面对镜子说出的那段同样溢满酸楚的自省独白:"皱纹还没变深吗?悲痛屡屡打在我脸上,却没造成更深的创伤! ——啊,谄媚的镜子,你在骗我,跟我得势时的那些追随者们一样!这还是那张脸吗?每天在它屋檐下要养活上万人。这就是像太阳一样刺得人直眨眼的那张脸?这就是曾直面那么多恶行,终遭布林布鲁克蔑视的那张脸?易碎的荣耀照着这张脸,这张脸正如荣耀一样易碎;(把镜子摔在地上)瞧它在这儿,碎成了一百片。——留心,沉默的国王,摔这一下的用意是:悲伤那么快就毁了我这张脸。"

需要指出的是,此处"脸"的意象应是对《圣经》的化用,《旧约·出埃及记》34:35 载:"他们（以色列人）总看见摩西脸上发光,过后,他再用帕子蒙上脸。"《新约·马太福音》17:2 载:"在他们面前,耶稣的形象变了:他的面貌像太阳一样明亮。"《启示录》1:13—16 载:"灯台中间有一位像人子的,……他的脸像正午的阳光。"

第四幕只有这一场戏,一场便是一整幕,这在莎剧中也属罕见。它是全剧的高潮点,是整部戏的精华,专属于莎剧舞台的理查在这场戏里塑造完成。借理查"这顶金冠像一口深井,井里两个水桶,一上一下在打水"这句比喻来说,莎士比亚一方面通过理查从国王到囚徒的"一上一下",把历史中的理查和戏中的理查强扭在一起, 另一方面通过布林布鲁克从遭放逐到谋朝篡位的"一下一上"的陪衬对比,凸显理查的性格。

当代莎学家乔纳森·贝特(Jonathan Bate)在其"皇莎版"《莎士比亚全集·亨利二世》导言开篇即说:"我们如何估量统治者的

价值? 凭其声称拥有权力的正义,还是执掌政权的能力? 理查二世挥霍过公募款项,并深受自私的马屁精们的影响。他一手安排谋杀了他的叔叔伍德斯托克的托马斯——一位放言无忌、抵制其苛政的老臣。可是,他是一个由上帝膏立的合法君王。在莎剧的中心场景中,国王被迫参加了一个放弃王位的仪式。"

事实上,莎士比亚为理查王留足了情面,剧中的理查仿佛只为解决爱尔兰战事才横征暴敛,甚至"用兵之事,非同小可,少不了花销,为补充军需,我决定将我叔叔冈特所有的金银餐具、金银钱币、家财资产,一律充公。"这样一来,仿佛理查最后遭废黜,仅只因他劳师远征爱尔兰。戏剧结构也是这样设计的,简单、干脆,不生枝蔓。全剧五幕共十九场戏,从第六场(第二幕第二场)便开始进入废黜理查的戏。在这场戏里,格林告知王后:"我们希望他从爱尔兰撤军,赶紧把敌人的希望变成绝望,一支强大的军队已在我国土登陆:遭放逐的布林布鲁克把自己从流放中召回,挥舞着武器安全抵达雷文斯堡。"剧情由此反转。

实际上,在此之前,第一幕第四场,出征前的理查已露出败象:"这一战我将亲自出马。由于宫廷花销巨大(王室雇佣人员上万,御厨即占百余人。据载,1397—1398 年,英格兰全国收入十三万七千九百镑,理查王一人用掉四万镑),赏赐太过慷慨,国库日渐不支。没办法,我只好把王室领地租给别人(据霍林斯赫德《编年史》载:国王将王室领地租给四位亲信:威廉·斯克鲁普爵士、约翰·布希爵士、威廉·巴格特爵士、亨利·格林爵士,四人预交等额租税之后,再承租出去,收取暴利),这笔税收可解目前燃眉之急。若还不够用,我再叫留在国内的国事代理人用空白捐金书（'空白捐金书'：类似空白支票，金额处空置留白，政府官员强迫富人签名或盖章之后，随意填上金额，再勒令照付。这一强制勒索富人钱财的做法是理查二世的虐政之一，招致怨声载道）；到时发现谁家有钱，便命他们捐出大量黄金，给我送来，供我所用；因为我马上要亲征爱尔兰。"

因此，顺理成章，到了第三幕第二场，理查便只剩下寄望于上帝的保佑："狂暴的大海倾尽怒涛也冲不掉国王身上圣油的芳香（指国王加冕典礼时涂在身上的圣油，以此代表国王为上帝选定的尘间代表，神圣不可侵犯）；凡夫俗子的指责废黜不了上帝选定的代表。布林布鲁克每强征一个入伍的士兵，向我的金冠举起锋利的刀剑，上帝便会赐一个荣耀的天使来报偿：那便是，那便是，天使助战，凡人溃散；/ 因为上天始终保卫正义的一方。"（此处，应又在化用《圣经》，《旧约·诗篇》34:7 载："上主的天使保护敬畏他的人，/ 救他们脱离危险。"91:11 载："上帝要差派天使看顾你，/ 在你行走的路上保护你。"《新约·马太福音》18:10："你们要小心，不可轻看任何一个微不足道的人。我告诉你们，在天上，他们的天使常常侍立在我天父的面前。"26:53 载："难道你不知道，我可以向天父求援，他会立刻调来十二营多的天使吗？"）

能指望上帝吗？

当理查一听说布希、格林、威尔特希尔伯爵这几个亲信都已在布里斯托"丢了脑袋"，便知毫无指望，他对奥默尔说："让我们谈谈坟墓、蛆虫，还有墓志铭……因为除了把这废黜的躯体埋到土里，我还能留下什么？ 我的国土，我的生命，我的一切，都是布林布鲁克的,除了死亡和覆盖骸骨的不毛之地上那一小抔泥土,没什么归我所有。看在上帝分儿上,让我们坐在地上,说说国王们如何惨死的故事:有些被废黜;有些死于战争;有些被遭他们废黜的幽灵缠住折腾死;有些被他们的妻子毒死;还有些在睡梦中被杀;全是被谋杀的:——因为死神把一顶空心王冠套在一个国王头上,在里面设立宫廷,一个奇形怪状的小丑坐在那儿,鄙夷他的王位,嘲笑他的威严;死神给他喘口气的那么点时间,给他一个小场面,让他扮演君王,令人生畏,拿脸色杀人,使他妄自尊大,产生虚幻的想象,——好像这具生命的肉身,是坚不可摧的铜墙("铜墙"应是对《圣经》的化用,《旧约·约伯记》6:12 载:"难道我的力量是石头的力量,我的肉身是铜造的?");死神就这样纵容他,直到最后一刻,死神拿一枚小针把他的城堡围墙扎透,——再见啦,国王! 你们把帽子戴上,不要以庄严的敬畏嘲弄一个血肉之躯(此处或是对《圣经》的化用,参见《新约·马太福音》16:17:"因为这真理不是血肉之躯传授给你的,而是我天父启示的。"《哥林多前书》15:50:"血肉之躯不能承受上帝的国,那会朽坏的本能承受不朽坏的。"《以弗所书》6:12:"因为我们不是对抗血肉之躯,而是对天界的邪灵,就是这黑暗世代的执政者、掌权者,跟宇宙间邪恶的势力作战。"《希伯来书》2:14:"既然这些儿女都是血肉之躯,耶稣本身也同样有了人性。这样,由于他的死,他能毁灭那掌握死亡权势的魔鬼");丢掉恭敬、惯例、形式和礼仪,因为一直以来,你们全把我看错了:我跟你们一样,靠吃面包活着,也一样心有念想,品尝悲伤,需要朋友。凡此种种,你们怎能对我说,我是一个国王?"

蒂利亚德认为,这段话是理查最著名的一段话;詹姆斯·贝特对此分析说:"独白和修辞上的精心是戏剧化的自我表现形式。理查通过'让我们谈谈坟墓……'这段漂亮的言语支撑自我;通过一句'他必须丢掉国王的尊号吗?'把自己变成主观沉思的对象。他留心自己正在失去握在手里的统治:'亦愿,又不愿;我既一无所有:/不能说不愿;因王位已归你。'而且他越来越明白,活着也是演戏,所有人都是演员:'如此这般,我一个囚犯,可以扮演许多角色,却没一个叫我顺心。'('第一对开本'此处的'囚犯'(one prison)是对之前'四开本'此处'一人'(one person)的有趣变体——'囚犯'既很好暗示出理查身处囚禁之所,也暗示出这样的传统观念:身体乃灵魂的囚徒,只能在永恒的死亡中得到释放。)他以一个'富于魅力的演员'的姿态离开舞台。"

顺便一提,现在一般把"the hollow crown"译为"空王冠"(意即空的王冠),"空王冠"在汉语中给人的感觉是"一项里面什么也没有的王冠",这里实则指一顶"空心"或"中空"的王冠。

在蒂利亚德看来,"莎士比亚知道理查的罪行从未达到暴政的程度,因此,直接谋反便是有罪。他在剧中既没说明伍德斯托克是谁杀的,也没明说理查本人要担责。国王的叔叔们表明的观点都很正确:冈特拒绝了格罗斯特公爵夫人要他复仇的要求,认为此事应由上帝裁决;即便他在临死前,痛悼王国境况,直指理查顶多算英格兰的地主,而不是什么国王时,也没撺掇谁谋反。……约克表达出来的也是正统情感,他和儿子(奥默尔)一样主张支持现有政体。尽管后来他的效忠对象有了变化,但他从不支持谋反。……连园丁也反对废黜理查。"

这当然也是造成理查悲剧的一个关键点，比如在弗林特城堡堞墙上，他对在城堡外替布林布鲁克前来逼降的诺森伯兰说："我若不是国王，那就拿出上帝废黜我王权的凭据；我很清楚，除了犯罪、窃取、或篡夺，任何血肉之手都休想握紧这神圣的权杖。尽管你以为，所有人都跟你一样坏了灵魂背叛我，觉得我落得孤家寡人、众叛亲离，但你要明白，我的主人，全能的上帝，正端坐云头为我征召一支瘟疫之军；你们胆敢举起不臣之手，威胁我头上宝冠的荣耀，瘟疫必将毁了你们的后世子孙。"

这是死抱君权神授不放的理查！

其实，对于中世纪基督教王国虔诚的臣民们来说，上帝膏立的国王神圣不可侵犯，是天经地义的。第一幕第二场，格罗斯特公爵夫人与冈特的对话便清晰折射出这一点，当时，格罗斯特公爵夫人力劝冈特替兄复仇："难道血缘同宗不能给你更锐利的刺激？手足之情不能在你老迈的血里燃起火焰？爱德华有七个儿子，你是其中一个，真好比七只小瓶装着他的圣血，又好比同根生出的七根俊秀枝条：有几个小瓶已自然干涸，有几根枝条也被命运之神剪断。……啊，冈特，他的血就是你的血！造他成人的那寝床、那胎宫、那性情、那同一个模具，也造了你（此处应是对《圣经》的化用，《旧约·约伯记》31∶15载："那位创造我的上帝不也造了他吗？／创造我们的不是同一位上帝吗？"33∶6载："我们在上帝面前都一样；／你我都是用尘土造成"）。尽管你还活着、有呼吸，但他一死，也等于被人杀了：他是你父亲生命的影像，眼见可怜的弟弟死去，竟无动于衷，无异于害死父亲的同谋！……为我的格罗斯特之死复仇，才是保你命的最好方法。"

可以说，这段话在晓之以理、动之以情之外，最要命之处在于击中了冈特的要害。因为冈特心里很清楚，理查指使人害死了格罗斯特公爵。但他固执己见："这争执得由上帝裁决；因为他的死是由上帝的代表一手造成；这个代表是在上帝面前接受的涂油礼：倘若他死有冤情，让上天复仇吧，我绝不能扬起愤怒的手臂，对上帝的使者下手。"

整个剧中，冈特、约克，还有坚决反对废黜理查的卡莱尔主教，他们都认定，即使君王有罪，也只能由上帝裁决。

然而理查一点不糊涂，现实如此残酷，他的命运只能由布林布鲁克来裁决！所以他见机行事，第三幕第三场，在弗林特城堡，他低声下气地请前来谈判的诺森伯兰带话给布林布鲁克："对他高贵的弟弟前来深表欢迎；对他所提一切合理要求无条件执行：用你所有谦恭的话语，代我向他高贵的耳畔传达亲切问候。"随后，他唯恐遭奥默尔鄙视，赶紧补一句，"老弟，我低声下气，说得如此谦卑，是不是有失身份？要不我叫诺森伯兰回来，向这个叛徒发出挑战，一决生死？"

不用说，理查的内心痛苦至极，他祈祷上帝："上帝啊，上帝啊！当初我曾亲口对那个傲慢之人发出可怕的放逐令，而今又用安抚的话把它撕掉！啊，愿我像我的悲痛一样伟大，或干脆让我比国王的尊号更渺小！要么让我忘掉过去，要么别叫我记住现在！"

这样一个国王，莎士比亚却把他写成一个诗人！当理查见诺森伯兰从布林布鲁克那儿复命返回，马上预感到自己的命运，随即向奥默尔发出一连串诗人的悲叹："国王现在该做什么？要他投降吗?国王只能屈从。非要废了他?国王同意退位。他必须丢掉国王的尊号?啊,以上帝的名义,随它去吧!我愿拿珠宝去换一串念珠;拿辉煌的宫殿去换一处隐居之所;拿华美的穿戴去换一身受救济者的衣衫;拿雕花的酒杯去换一个木盘;拿权杖去换朝圣者的一根手杖;拿臣民去换一对圣徒的雕像;拿巨大的王国去换一座小小的坟茔,一座特小、特小的坟茔,一座无人知晓的坟茔;——不然,就把我埋在公路或哪条商贸干道下面,叫臣民的脚随时踩在君王的头上:因为当我活在世上,他们践踏我的心;一旦下葬,怎能不踩我脑袋?——奥默尔,你哭了,——我心地善良的弟弟!——我们能用遭人鄙夷的眼泪把天气变糟,我们的叹息加上泪水,必将毁掉夏天的谷物,给这叛变的国土制造一场饥荒。再不然,我们玩一回比赛流泪的游戏,以苦取乐?像这样;——眼泪老往一个地儿掉,直到在土里侵蚀出一对墓穴;咱俩就埋在里面,——"

此情此景,对英格兰历史一无所知的读者/观众,或已对这位国王预支出深切的悲悯和同情,或会在心底祈愿,希望他结局别太惨。及至第五幕第五场,关在庞弗雷特地牢里的理查在被杀前不久,拿自鸣钟里的金属小人自喻,在大段诗人的独白中结束了自己的哲人之旅:"在这儿,我耳朵灵敏,哪怕一根弦失音,也听得出来;但曾几何时,从国家和时代的和谐里,我的耳朵却听不出一丝走调。我损害了时间,现在时间来损害我;因为此刻,时间已把我变成它的时钟:我的思想是刻度上的每一分,用嘀嗒嘀嗒的叹息,向我的眼睛——那钟面,——报出每分钟的间隔;我的手指,则像上面的时针,一边不断计时,一边不住擦拭泪水。现在，先生，这报时的嘀嗒声便是吵闹的呻吟，打在我心上，那声音就是钟鸣；因此，叹息、泪水和呻吟，分别表示每分、每刻、每时；——我的一生匆匆流逝，布林布鲁克却踌躇满志，此时，我傻站在这儿，成了他自鸣钟里的小人儿（旧时自鸣钟里金属制的小人儿，有的身披盔甲，手持小槌，一刻钟敲击一下）。这音乐叫我抓狂，别出声啦！（音乐止）尽管它能帮疯子恢复神志，可对于我，却能使智者癫狂。不过，那把音乐带给我的人，我祝福他的心！因为这表示一种爱意，毕竟在这充满仇恨的人世，对理查的爱是一件稀世珍宝。”

或源于此，蒂利亚德指出，这部戏的“戏剧结构符合传统的悲剧故事观念：一个大人物由世俗的繁盛跌落，灵魂的伟大却在跌落中上升。同情理查的悲剧情绪在最后的场景中占了主导。约翰逊（Samuel Johnson, 1709—1784）博士写道：‘诗人似乎这样设计，让理查在王权跌落中赢得尊重的提升，并使其因此获取读者的好感。’注意这用的是‘读者’，不是‘观众’——说明这部戏更适于阅读欣赏，而非舞台表演。约翰逊接着又说：‘他只被动表现出一种刚毅和一个忏悔者的美德，而没把自己表现为一个国王。在他繁盛时，我们看到他专横、压制；一旦落魄，他却变得睿智、隐忍和虔诚。’”

纵观全剧，理查与布林布鲁克像深井里打水的两个水桶似的“一上一下”“一下一上”的对比无处不在。单看两人的命运转换，约克公爵府里那位同样够诗人资格的园丁，向王后说出的那个“天平比喻”更为贴切：“理查王，已在强大的布林布鲁克掌控之中；把他俩命运放天平上称一称：您夫君这边不算他自己，啥也没有,那几个轻浮的亲信,只能叫他分量更轻;但在强势的布林布鲁克这边,除了他自己,还有所有的英国贵族,凭借这个优势,他的分量就把理查王压倒了。"

然而不知此时已对理查心生同情的读者/观众是否忘了,在布林布鲁克压倒理查之前,曾几何时,理查绝不是一个被诗意冲昏头脑的国王。那是一个刚愎自用、反复无常的理查,话一出口,便裁定布林布鲁克和毛伯雷以决斗定生死;那是一个君无戏言、令行禁止的理查,比武场上,把权杖一扔,瞬间叫停决斗;那是一个独断朝纲、不可一世的理查,命令一下,立刻判布林布鲁克放逐十年,毛伯雷终生流放;那又是一个并非不懂帝王之术的理查,他怕布林布鲁克和毛伯雷在流放期间联手结盟,命他俩立下誓言再走:"把你们遭放逐的手放在我的国王宝剑上,……遵守我钦定的誓约:……流放期间永不彼此和好;永不会面;永不书信往来、互相致意;对在国内酿成的阴郁吓人的仇恨风暴,永不和解;永不心怀不轨蓄意谋面,阴谋策动、筹划、合谋针对我、我的王位、我的臣民或国土的一切恶行。"

由此,把理查和布林布鲁克这对堂兄弟权谋、心计的砝码放天平上称一称,应该分不出"一上一下"。理查下令放逐布林布鲁克和毛伯雷,貌似对两人各打五十大板(显然,打在毛伯雷屁股上的板子更重,因为对他的判决是终身放逐,最后毛伯雷客死威尼斯)。实际上,理查早对布林布鲁克"取悦于民"心怀忌惮:"他以一副谦恭、亲和有礼的模样,活像潜入了他们内心;他甚至不惜向奴隶抛去敬意,以暗藏心机的微笑和对命运的耐心忍受,讨好那些穷工匠们,好像要把他们对他的深情一起带到流放地去。

他摘下软帽向一个卖牡蛎的姑娘致敬;有两个马车夫对他说了一声'上帝保佑',他立刻膝盖打弯,像进贡似的致谢,还加上一句'同胞们,亲爱的朋友们,多谢',好像一下子成了万民期待的王位继承人,只要我一死,英格兰就归他了。"而毛伯雷策划谋杀了格罗斯特公爵(剧中没明确交代谋杀为理查指使)。因此,借布林布鲁克和毛伯雷相互指控之天赐良机,同时将两人放逐,可免除后患。没隔多久,冈特因儿子遭放逐,抑郁成疾,发病而亡,理查又趁机将冈特的全部财产没收,作为贴补远征爱尔兰的军饷。

真是一箭双雕!但理查没想到,算错一步,满盘皆输——正是没收冈特全部财产、剥夺布林布鲁克合法继承权这把双刃剑,最终不仅害他断送了王朝,还丢了性命。

与不惜用好多段精彩独白、对白塑造理查性格比起来,莎士比亚对布林布鲁克吝啬许多。从他后来专写布林布鲁克的《亨利四世》(上下) 更容易看出, 他不喜欢这位擅以虚情假意取悦民心、以空头承诺笼络贵族的篡位之君。或因为此,布林布鲁克在《理查二世》中虽戏份不少,但没那么出彩。显然,以人物性格塑造来论,理查压倒了布林布鲁克。

第二幕第三场,在格洛斯特郡荒野,布林布鲁克与诺森伯兰之子亨利·珀西(即《亨利四世》中的"暴脾气"的霍茨波)第一次见面,布林布鲁克寒暄得十分客气:"谢谢你,高贵的珀西;相信我,我有一个铭记好友的灵魂,没什么比这更让我感到幸运。一旦我的运气随你的爱戴成熟起来,它终会报答你的忠诚。我的心立下这个契约,以我的手为凭做证(与珀西握手)。"不久,布林布鲁克又对前来投奔他的罗斯和威洛比勋爵表示:"欢迎,二位大人。我深知,你们以友情追随一个遭放逐的叛徒;眼下我的所有财富只是一句空口白牙的感谢,待我富足之后,对你们的忠心和劳苦,一定酬谢回报。"

最终的结果是,当布林布鲁克成为亨利四世以后,对所有许下的承诺丝毫不兑现,导致贵族们纷纷起兵谋反。

第三幕第三场,布林布鲁克授命诺森伯兰前去跟躲在弗林特城堡里的理查谈判:"到那古堡凹凸不平的墙下,用黄铜军号,把谈判的气息吹进残破的墙洞。这样宣布:亨利·布林布鲁克愿双膝跪地,亲吻理查王的手,向他最尊贵的国王表达忠诚和虔敬之心;只要他撤销我的放逐令,无偿归还我的土地,我情愿跪在他脚下,放下武器,解散军队;否则,我将以武力的优势,用从被杀英国人的伤口里喷涌的血雨,荡平夏日的尘埃。对此,我虔诚一跪足以表明,布林布鲁克绝无此心,要用猩红的瓢泼的血雨浇透理查王翠绿的沃土。……我觉得,我与理查王今日一见,其可怕绝不亚于暴雨雷电交加,发出一声霹雳,便把苍天阴云密布的双颊撕裂。"

多么虚情假意!此时此刻,野心勃勃、兵临城下的布林布鲁克,要的是不战而胜,夺取理查的王权、王位、王冠,成为一代新王。

也许莎士比亚想透过塑造布林布鲁克的形象表明,高明的政治家都是出色的演员。布林布鲁克堪称演技高超,当理查走出城堡向他投降,他命令部队站开,向理查行礼,并"屈尊下跪"。理查手指王冠,不无揶揄地说:"起来,兄弟,起来!尽管你膝盖跪得低,/但我深知你心高,恐怕少说也有这么高。"布林布鲁克显出十分谦恭的样子，客气地宣称："仁慈的陛下，我此来只为我分内所得。"这时，已先自我废黜的理查无奈地表示："你分内的是你的，我也是你的，一切都是。"布林布鲁克继续不失礼仪地说："最令人尊崇的陛下，到目前我之所得，是因我的效忠理应得到您的恩宠。"

至此，兄弟俩"一上一下"的地位完成了乾坤逆转。到了第四幕，在威斯敏斯特宫大厅，布林布鲁克向议会宣布"以上帝的名义，我登上国王的宝座。"他命人把理查带来，叫他宣布退位。

然而退位的理查始终是布林布鲁克的心病。最终，布林布鲁克的马屁精埃克斯顿从他加重语气说了两遍的"没有朋友替我除掉这个死对头吗？"这句话里，瞅准圣意，决心替新王除掉旧王"这个仇敌"。第五幕第五场，埃克斯顿亲自带人前往庞弗雷特城堡地牢，杀了理查。他把装着理查尸体的棺材带到温莎城堡，放在布林布鲁克面前邀功请赏："您最大的死敌中最有势力的，/ 波尔多的理查，我带到此处；/ 他躺在里面，全无半点声息。"谁知这个时候，新王不仅不感谢帮他铲除后患的心腹，反而怪罪他："用致命的手造了一件招诽谤的事，/ 毁谤落我头，国体上下皆负恶名。"剧终前的最后一段韵体独白，道出了布林布鲁克的心声："我也不爱你，尽管我真心愿他死，/ 见他被杀我开心，但我痛恨凶手。/ 叫你的良心负罪，算对你的酬劳，/ 我的赞誉和恩典，哪个也得不到。/ 与该隐做伴，在夜的阴影里游荡，/ 无论白与昼，永远不要抛头露面。/ ……我要做一次远航，前往圣地（耶路撒冷），/ 把这血污从罪恶之手上清洗。"

此处应是化用了《圣经》。该隐（Cain），《圣经》人物，参见《旧约·创世记》4:1—16"该隐杀弟":该隐因嫉妒杀死弟弟亚伯,被认为犯下人类第一桩血案,被视为人类第一个凶手。该隐杀弟之后,遭到上帝惩罚:"你要成为流浪者,在地上到处流荡。"该隐抱怨惩罚太重,到处流浪,会被人杀死。上帝回答:"不,杀你的,要赔上七条命。"因此,上帝在该隐额上做了记号,警告遇见他的人不可杀他。于是该隐离开上主,来到伊甸园东边名叫"诺德"(流荡之意)的地方居住。

从此,埃克斯顿永远消失在黑暗里。布林布鲁克没把他杀掉,已算仁慈。

在以上对比之外,乔纳森·贝特还颇具说服力地分析出一种"语言"上体现出来的对比。第一幕一开场,布林布鲁克和毛伯雷两位公爵互相指控谋逆叛国,都把自己说成真正的爱国者。当理查宣布将毛伯雷判处终生流放,永不得返国,毛伯雷肝肠寸断,痛楚万分。莎士比亚用诗意的形象比喻让毛伯雷由慨叹再也不能说母语,从心底发出对故土的挚爱真情:"四十年来所学语言,我的母语英语,现在必须放弃:……您用我的双唇和牙齿当双重铁闸门,把我的舌头囚禁在我嘴里;迟钝、麻木、愚蠢、无知,成了看守我的狱卒……您的判决,给我的语言定了死罪,/岂不是把我的舌头从母语中抢走?"

由此反观历史上真实的理查,这位"波尔多的理查",不光母语是法语,王后还是法国人,宫廷里的装饰随处透出法兰西风情。理查被指控挥霍耗尽国库财产,他一直受身边马屁精们的欺骗,耗资巨大的爱尔兰战争迫使他把国土"出租"。在此,乔纳森·贝特分析,一定是鉴于爱尔兰问题致使伊丽莎白女王的金库严重透支，莎士比亚根本没打算把理查王远征爱尔兰的详情写到戏里，这既符合剧情需要，也符合现实考虑。因此，剧中只通过病中老冈特指斥理查"顶多算英格兰的地主"那段台词，将理查"出租国土"一语带过："唉，侄儿，即便你是世界霸主，把他的国土（爱德华的国土）租给别人，也是一种耻辱；何况这片国土是你仅能享有的整个世界，如此使它蒙羞，还有比这更大的耻辱吗？你顶多算英格兰的地主，不是什么国王；你现在的法律地位只不过是法律的奴隶。"

综上所述，由整个剧情来看，莎士比亚无意对理查二世的暴君形象做过多渲染，从他发明创造的几处有违史实的剧情，不难发现他就是要描绘一个具有多愁善感的诗人气质、不属于历史而独属于戏剧舞台的理查。一方面，意在以一个怯懦、无能国王遭废黜的故事，呈现英格兰皇家历史上的确曾有过这样一个极不光彩、并令人震惊的时刻，即由上帝膏立、君权神授的合法国王，被精通权谋、善于取悦人心的高明政治家布林布鲁克篡夺王位；另一方面，通过挖掘理查治国之昏庸、理政之暴虐、用兵之草率、性情之无常、行为之乖张，揭示他最后招致众叛亲离、王位被废的命运，完全是咎由自取。

这又何尝不是对君权神授的一种反讽？全剧的悲剧性和戏剧性也在于此。不过，莎士比亚显然对这位昏聩无能的合法国王或多或少寄予了同情。或许，他有意留下一个疑问：亨利四世（布林布鲁克）指使亲信埃克斯顿害死被废之君，这一罪孽，比当年理查二世授意托马斯·毛伯雷害死格罗斯特公爵，更不可饶恕吗？无论君权神授的理查二世，还是谋逆篡位的亨利四世，两位国王犯下的君王之罪是一样的!

于是,读者/观众只要稍动脑子,便能理解乔纳森·贝特疑问式的诠释:"假如作为上帝膏立在人间的这位神赐代理人是一个糟糕的统治者,那即便以英格兰和'真正骑士精神'的名义,取而代之是否准许?假如国王等同于法律,那以法律反对国王又自相矛盾,确如卡莱尔主教所言:'哪个臣民能给国王定罪?'君主在传统上被想象成具有两个身体:一个政治身体,国王是国家的化身;一个自然身体,国王是跟任何人意义一样的肉体凡胎。这便是'国王死了,国王万岁'这句悖论成为可能的原因所在。舞台上的理查退位时,把在加冕仪式上说过的话颠倒过来,打碎一面镜子,放弃了两个躯体中的一个。

"公众形象一旦剥离,个体自我还剩下什么?按好争吵的公爵们所说,没了'名誉','人不过镀金的黏土,彩绘的泥塑'。但若没了王冠,没了名义,没了尊号,国王会是什么?一旦理查把镜子打破,他便把其王者镜像变成了内在自我。然而君主政体靠的是外部显示,其内在性质则需通过词语媒介来探究。在莎剧塑造的所有国王中,理查二世最为内向。通过关注理查的个体意识,并从心理层面为其命运着想,莎士比亚灵巧地回避了当一个臣子对一位国王做出判决时会出现的令人担忧的政治失衡。'我真把自己忘了:我不是国王吗?'在这一提问中,理查揭出的答案是'不':既然国王有两个躯体,他有称孤道寡('we')的权利,但在此处,他和自称'我'('I')的凡人没什么两样。提到自己时,他忽而以'我'('I')自称,忽而又以'孤'('we')和'他'('he')自称('国王现在该做什么?要他投降吗')。人称代词不一致是他自我失衡的最明显迹象。"

在此顺便一提，考虑到让英格兰国王以中国皇帝自称的"朕"来称谓自己颇显怪异，故译文中一律用"我"，不做区分。

到底该如何看待理查及其在莎剧中的历史，爱尔兰诗人威廉·叶芝（William Butler Yeats，1865—1939）在其 1903 年出版的《善恶观》（*Ideas of Good and Evil*）一书中，说得十分精到："我认为莎士比亚是以同情的眼光看待他笔下的理查二世，而非别的什么。他真能理解在历史的某个时刻，理查是多么不适合做一个国王，但他可爱，充满反复无常的幻想，……是一个'狂热的家伙'。在塑造这个形象时，莎士比亚模仿了霍林斯赫德笔下的理查二世，……我认为莎士比亚在理查二世身上，的确看到失败在等着所有人，甭管他是艺术家还是圣人。……中世纪虔诚仁慈的理想不复存在，现代实用主义的思想笼罩苍穹；可爱的英格兰已不存在，然而，尽管人们有这样那样的作为，诗人并未完全失望，因为他还能平静地、以同情的眼光看世界变化的过程。这便是悲剧性讽刺的实质。"

4. 冈特、约克、诺森伯兰及其他

梁实秋在其《理查二世》译序中指出：莎士比亚为凸显理查二世的性格，在把布林布鲁克作为戏剧陪衬之外，为追求戏剧效果，不惜歪曲史实。以理查的叔叔、兰开斯特公爵冈特的约翰为例，历史上的冈特并非一个爱国者，他不仅早有不臣之心，且治国理政和军事指挥才能均十分平庸，对激起瓦特·泰勒领导的农民暴动负有巨大的政治责任。但在剧中，莎士比亚为反衬理查王的专横跋扈，刻意把老冈特理想化为一位具有拳拳爱国之心且

性情耿介、敢直言进谏的忠臣。

莎士比亚见证过 1588 年英格兰海军击败强大的西班牙无敌舰队之后伦敦民众的狂热，并深切体会到，这持续不衰的爱国情，仿佛给伊丽莎白女王统治下的英格兰王国注射了一针强心剂。他对农民暴动毫无兴趣，《理查二世》对瓦特·泰勒只字未提。

其实，这正是莎士比亚写历史剧的初衷——即通过舞台演绎剧情，再次激起、呼应民众的爱国情怀。从为剧团和自己挣钱的角度，说到家，观众喜欢什么戏，他写什么戏。比如观众醉心于爱国情怀，第二幕第一场，他就借"垂死"的老冈特之口"造"出一篇著名的爱国宣言："这一历代国王的宝座，这一君王权杖下的海岛，这片适于君王的国土，这处马尔斯（罗马神话中的战神）的居所，这另一座伊甸园——地上的天堂；……这神圣的福地，这疆域，这王国，这英格兰，这乳母，这孕育君王的胎宫，曾因其血统强大令人敬畏，又因其业绩威名远扬，……这片拥有如此可爱灵魂的国土，这片可亲可贵的国土，这片誉满天下的国土……"而在此之前，遭放逐的布林布鲁克离别故土，与父亲冈特告别时，也由衷表达出对祖国不舍的爱恋："英格兰的土地，再见；芳香的故土，再见；这故土仍是承载我的生母和奶娘！不管流落何方，这一点我张口夸耀：/尽管遭了放逐，我乃地道的英国人。"

毋庸讳言，从整个剧情看，莎士比亚为凸显理查二世的性格，把所有人物都当成陪衬，诚然，每个角色的陪衬作用各有侧重。拿理查的两位公爵叔叔冈特和约克来说，一刚一柔，恰从两个侧面反衬理查的昏聩、暴虐。冈特对理查从不顾及脸面："我看

不清我的病,却看得清你的病。你临死的病床并不比你国土小,
你卧病在床,名誉病入膏肓。……你现在的法律地位只不过是法
律的奴隶。"这话自然会激怒理查。

与性情刚烈的冈特形成对比,约克不仅待人宽厚,对理查甚
至堪称愚忠,并尽力维护。当重病在身的冈特表示要在临死前对
理查提出"忠告",约克明确告知:"别自寻烦恼,也别白费力气,
一切忠告对他的耳朵都是徒劳。"换言之,约克早对理查被一群
马屁精包围十分不满,但他深知国王"耳朵里塞满了奉承话,比
如对他至尊王权的赞美;……世上刚一推出什么时髦玩意儿,
——只要是新的,甭管多拙劣,——不都很快钻他耳朵里嗡嗡响
吗?欲望向来反叛理性的思考,此时进谏,太迟了。"

但同时,约克始终在试图化解君臣间的矛盾,见理查王前来
探病,他善意地叮嘱冈特:"对他(理查王)这样的年轻人,态度要
温和;烈性小马驹一旦被惹怒,脾气更大。"可冈特禀性难移,一
见国王,劈头盖脸一顿指责,约克赶紧反过来劝国王:"他年事已
高,又身患顽疾,出言不逊,恳求陛下不要怪罪;他爱您,我以生
命担保,他十分珍视您。"等冈特一死,暴怒的理查立即决定,将
其"所有的金银餐具、金银钱币、家财资产,一律充公",这时,约
克终不再忍:"我得忍多久?……但他(指理查的父亲黑王子)只
向法国、而从不向自己的朋友横眉冷对;他的花销都是他用自己
的尊贵之手赢来的,而从他辉煌的父亲之手赢来的钱,他一分也
不花。他的手没犯下叫亲族流血之罪,手上染的都是亲族之敌的
血。啊,理查!约克伤心极了,否则绝不拿你跟他比。"不仅如此,
约克还向理查提出预言式的警告:"倘若您不公正地夺取赫福德

(布林布鲁克)的权利,废除他可通过律师申请继承权的权利特许书(指国王颁发给贵族的一份有国王签字的文件或凭证,贵族死后,其合法继承人可凭此向国王申请继承土地及贵族头衔),拒绝他的效忠声明（指继承人继承土地权利时须向国王公开声明,宣布效忠),那您就会把千种危险引到自己头上,失掉一千颗仁慈向善之心,还会把我柔顺的耐心刺出一些荣誉与忠诚难以想象的念头。"

理查无动于衷:"随你怎么想,我要把他的金银器、/ 他的钱财、他的土地,一抓在手。"无奈之下,约克告辞,临走之时,再次正告:"后果将如何,无人能预料;/ 只要干坏事,无人不知晓,/ 恶行遭恶报,不会结好果。"约克的话一语成谶,理查的悲剧命运从没收冈特的全部财产这一刻,注定了!

有意思的是,不论约克怎么发脾气,理查王对这位叔叔的忠心深信不疑,在他挥师远征爱尔兰之前,特命约克担任总理国内事务的大臣。但约克心里如明镜一样,当流放中的布林布鲁克趁机重返英格兰,试图夺取王位之时,自己将选择站在"正义"一边:"两个人都是我血亲——一个是我的君王,誓言和责任都叫我保卫他;另一个是我的家人,国王冤枉了他,良心和手足之情又都叫我替他伸张正义。"

不过,莎士比亚刻画人物十分节制,他并未让约克一下子和"正义"站在一起,而是安排约克率领临时拼凑起来的王军,在格洛斯特郡荒野,面对布林布鲁克和诺森伯兰合兵一处的叛军时,先声夺人,义正词严地训斥犯上作乱、称呼他"仁慈的叔叔"的侄儿布林布鲁克:"哼,哼!别跟我提仁慈,也别叫我叔叔。我不是叛徒的叔叔;……你是因涂了圣油的国王(指得到上帝护佑的国王神圣不可侵犯)不在才回来的吗？唉,蠢材,国王还在,他的权力就在我忠诚的心底。"他甚至不无豪勇地表示:"假如我现在还是个血性青年,……我这条遭瘫痪囚禁的胳膊,将多么迅疾地惩罚你,纠正你的罪过！"一方面,约克深知布林布鲁克蒙受冤屈,被理查剥夺一切财产和爵位,但另一方面,他坚决反对兴兵作乱,因为理查是上帝膏立的国王,神圣不可侵犯！

因而当布林布鲁克反问约克:"仁慈的叔叔,让我知道何罪之有:我触犯了哪条法律,还是品行不端？"约克的回应毫不容情:"你的性质最恶劣,——聚众谋反,犯下伤天害理的叛国罪;你被放逐了,却在期满之前回到此地,以武力反抗你的君主。"

可是,审时度势的约克心里清楚,两军一旦交兵,自己所率王军根本不是对手,必惨败无疑,他不得不颇识时务地表白:"我因兵力薄弱,装备不足,无力回天,但如果可能,我愿以赐我生命的他(上帝)起誓,我要把你们全都逮捕,叫你们跪在仁慈的君主脚下求饶;既已无能为力,我便告知你们,我保持中立。"即便在理查退位、布林布鲁克成为亨利四世之后,约克依然在废君与新王之间"保持中立"。不过,在布林布鲁克成为亨利四世之后,约克又对新王表现出十足的愚忠,他甚至不惜出卖亲生儿子奥默尔,告发他参与谋害国王,并恳请国王对奥默尔绝不容情,处以极刑。若非约克公爵夫人及时赶到王宫,豁出命为儿子求情,奥默尔恐性命难保。

诺森伯兰这个角色,由霍林斯赫德《编年史》中的一些细节拓展而来,莎士比亚写他与布林布鲁克联手,鼎力帮他登上王位,并唯其马首是瞻,似乎只为诺森伯兰在《亨利四世》剧中的角色作用预设伏笔。最典型的一个场景发生在第四幕第一场,威斯敏斯特宫大厅,当理查已将王冠、权杖拱手交给布林布鲁克,诺森伯兰递过一纸文书,非逼理查当众宣读:"你本人和你的追随者所犯背叛国家、谋取利益的严重罪行都在上面;只有你承认了,国人才会从心底认为,你理应被废。"理查试图躲开他威逼的锋芒,提出要一面镜子。就在布林布鲁克命人取镜子的时候,诺森伯兰再次紧逼理查:"趁这会儿拿镜子,把这份指控读一遍。"理查不无挖苦地说:"魔鬼,我还没下地狱,你就往死里折磨我!"见此情景,连布林布鲁克也心有不忍,急忙打圆场:"诺森伯兰大人,别再逼他。"

第五幕第一场,被卫兵押往伦敦塔的理查与守在街头等候为他送别的王后相遇。王后见到蔫头耷脑的丈夫,悲从中来,不由反问:"连垂死的狮子在被制服时,为发泄愤怒,如果抓不着别的,都要用爪子抓伤地面。难道你,一头狮子,一只百兽之王,却像学童似的,乖顺地接受惩罚,吻着藤条,以下贱的谦恭逢迎人家的暴怒?"夫妻二人悲情话别,诺森伯兰带人赶到,宣布布林布鲁克改了主意,要把理查押往庞弗雷特城堡,并命王后立刻动身去法国。

此时,这位已遭废黜的国王终于发出狮吼:"诺森伯兰,你这布林布鲁克借以爬上我王座的梯子,用不了多久,邪恶的罪孽,就会结成脓头,脓液(脓液含'罪孽'和'毁灭'之意,以此代指篡位的国王及其同谋)横流:你会想,你帮他得到一切,即使他把一半王国分给你,那也太少;而他会想,你既然懂得如何拥立一位非法国王,稍不称心,便会想办法再把他从篡夺的王位上倒栽葱拽下来。邪恶的友情化为恐惧;恐惧化为仇恨,仇恨会使一方或双方陷入应得、应受的危险和死亡。"

理查的这段预言,完全是诺森伯兰在《亨利四世》中的命运写照:在《理查二世》中与布林布鲁克一起谋反理查二世的诺森伯兰,在《亨利四世》中再次起兵谋反亨利四世,最后抑郁而亡。诺森伯兰之所以谋反布林布鲁克,皆因布林布鲁克一旦王权在握,便将之前对珀西家族所做一切报恩的承诺忘到脑后。在诺森伯兰眼里,布林布鲁克是一个忘恩负义的国王;而在亨利四世看来,诺森伯兰之所以造反,皆因珀西家族居功自傲,欲早除之而后快。

尽管剧中发生在冈特、约克和诺森伯兰身上的剧情多为莎士比亚编造,但这三个角色都实有其人,史上留名,而王后、园丁和马夫这三个角色及其剧情,则完全是莎士比亚编造的。第三幕第四场,约克公爵府中花园,园丁吩咐两个仆人修枝剪草,仆人甲把花园比作国土,发了一番议论:"一整个国土,长满野草,她最美的花儿都憋死了,果树没人修剪,树篱毁了,花坛乱七八糟,对身体有好处的药草上挤满了毛毛虫。"接着,园丁长篇大论:"那个人(指理查二世)干瞅着这杂乱的春天放手不管,现在自己也到了深秋;在他宽大叶子下遮阴的那些杂草,看似扶着他,实则侵蚀他……他没像我们修整花园似的治理国家。"显然,莎士比亚意在通过一个普通园丁之口,反衬理查在治国理政上是一个昏聩无能的国王。

第五幕第一场,莎士比亚以充满同情的笔,把理查与王后在伦敦通往伦敦塔一条街上的生死诀别写得酸楚不已，令人唏嘘。

谁会将此时这个已从神授的君权宝座上遭废黜、正与夫人悲悲切切、深情吻别的凡夫俗子，同昔日那个"我天生不求人，只知下命令"、飞扬跋扈、颐指气使的国王联系起来吗？

其实，这正是莎士比亚赋予王后在剧中发挥的角色作用：即以其成年形象凸显作为丈夫理查有其通人性、近人情的一面。试想，此处若照史实来写，年仅十岁的伊莎贝拉王后和理查之间怎能有如此绵绵不舍的深情厚爱？另外，第五幕第五场中马夫的角色作用情同此理，莎士比亚并未依据史实写关在伦敦塔中的理查与威廉·比彻姆爵士等几位客人共用晚餐，而只安排马夫前来庞弗雷特地牢探监，让马夫成为理查在世间唯一仅存的"高贵的朋友"。这也是莎士比亚写悲剧屡试不爽的妙笔所在。

除此之外，布希、格林这两个理查的马屁精在剧中的陪衬作用也值得一提，这两个小人物戏份不多，第三幕第一场就被布林布鲁克在布里斯托军营下令处死。但莎士比亚颇具匠心地让他俩在死前，为理查和布林布鲁克的对比发挥出非同一般的戏剧效果：在下令将布希、格林这两个理查的心腹亲信处死之前，出于法律原因，布林布鲁克历数他俩的罪行："你俩把一位王子、一位尊贵的国王引入歧途，一个血统高贵、相貌威仪的幸运儿，被你俩陷入不幸、彻底损毁：你们用罪恶的时刻（暗指两人带着国王四处淫荡）离间国王和王后，打破了他俩愉悦的床笫之欢，你们的恶行叫美貌的王后以泪洗面，玷污了她秀媚的双颊。我，——生在王室贵胄之家，本与国王是血缘近亲，手足情深，直到你们叫他对我心生误解，——在你们的伤害下缩起脖子，跑到异乡的迷雾里吐出我英国人的叹息，啃着放逐中的苦涩面包；而这时，你们却侵吞我的财产，开放我的猎场（王室贵族专有围起来供消遣娱乐的狩猎场），砍伐我的树林，扯下我窗户上的家族盾徽，把我的家族纹章捣毁，弄得我除了人们对我的口碑和我的一腔热血，再无任何标记向世人证明我是一个贵族。"

理查是个矛盾体。莎士比亚是个矛盾体。谁人不是矛盾体？

5. 女王自比理查二世

1601 年 2 月 7 日下午，埃塞克斯伯爵（Earl of Essex，1565—1601）的叛乱同谋杰利·梅瑞克爵士（Sir Gelli Meyrick，1556—1601），付给莎士比亚及其所属内务大臣剧团的演员们 40 先令，请他们在环球剧场上演《理查二世》，并非要把早先在审查中删去的理查二世被废那场戏加上不可。其实，正因废黜国王的话题在伊丽莎白女王统治后期过于敏感，该剧的前三个四开本才将这场戏删掉。由此可见，埃塞克斯伯爵此举意在刺激女王。然而撇开看戏的观众多是埃塞克斯伯爵的追随者不说，想靠上演一场《理查二世》以期鼓动伦敦民众反抗女王，实属异想天开。

据乔纳森·贝特分析，埃塞克斯同党付钱给剧团特意安排这场演出，并非因该剧的实际内容，而更多源于亨利·布林布鲁克的崛起与魅力超凡的埃塞克斯伯爵的经历之间具有广泛联系。再说，谁也不能肯定，演出时到底是否真把废黜理查王这场戏加上了。

透过乔纳森·贝特的解释得知，在埃塞克斯谋反女王之前两年的 1599 年，与莎士比亚同龄的史学家约翰·海沃德爵士(Sir John Hayward，1564—1627)曾出版《亨利四世国王的生平及其统治（第一部）》(*The First Part of the Life and Rainge of King Henrie Ⅰ*)一书，而且他把这本书题献给"埃塞克斯二世伯爵罗伯特·德弗罗(Robert Devereux, 2nd Earl of Essex)"。由于书中详尽描述了理查王被废，曾引起极大争议。贝特认为："尽管如此，该剧对埃塞克斯及其追随者极具吸引力，不仅在于它对采取行动反抗优柔寡断的无能君主似乎给出了充分理由，还在于它对英格兰骑士制度的衰退发出哀叹。埃塞克斯伯爵在 1590 年崛起于宫廷的主要策略之一，便是把自己描绘成已逝去的贵族时代的英雄。他激活了'名誉'的代码，在'登基日比武'(Accession Day titles) 中，朝臣们会像昔日骑士一样骑马持矛进行比武表演，他便借这种表演把自己变成骑士的同义词。"

顺便一提，"登基日比武"兴起于伊丽莎白时代宫廷，专指为庆祝女王登基而精心设计的一系列活动，每年 11 月 17 日举行。"登基日"亦称"女王节"(Queen's Day)。

或许，正因为此，莎剧《理查二世》一开场，布林布鲁克和毛伯雷在理查王面前互扔手套，誓以比武决生死，便足以唤起埃塞克斯伯爵对中世纪"骑士礼节"的向往。恰如毛伯雷所言："人在凡尘最纯之珍宝，/是那毫无瑕疵的名誉：一旦失去，/人不过镀金的黏土，彩绘的泥塑。/……名誉即我命，两者合而为一：/夺走我的名誉，我命可休矣。/那亲爱的陛下，让我为名誉而战，/我既为名誉生，也愿为名誉去死。"这既是中世纪忠于国王的骑士宣言，也是两人为名誉而战的誓言。

　　或也正因为此，当星法院(Star Chamber)审理《理查二世》演出一案时，梅瑞克爵士作为安排这次演出的主谋，被判处死刑；埃塞克斯的好友、莎士比亚的赞助人南安普顿伯爵（Earl of Southampton）因参与谋反，被收监入狱，关进伦敦塔，1603 年詹姆斯一世(James Ⅰ, 1566—1625)继位之后，才重获自由。

　　1601 年 8 月 19 日，古文物收藏家、负责管理伦敦塔记录(keeper of the Records in the Tower)的大臣威廉·伦巴第(William Lambarde, 1536—1601)去世。在他死前不久，伊丽莎白女王曾对他说："我就是理查二世，你不知道吗？……他们演这出戏，只因他们把我比作理查二世，准备废黜我，而且谁知道他们还会对我做什么。"从这句话似乎又可推断，剧团收了梅瑞克爵士的钱，演出时的确把理查二世被废这场戏加进去了。若果真如此，星法院最后裁定，内务大臣剧团演出只为捞取外快，与谋反毫无关联，是得到了女王庇佑也未可知。

　　总之，莎士比亚躲过一劫！